당신이
계속
불편하면
좋겠습니다

# 당신이 계속
# 불편하면 좋겠습니다

**초판 1쇄 펴낸날** 2017년 4월 17일
**초판 11쇄 펴낸날** 2024년 7월 25일

**지은이** 홍승은
**펴낸이** 이건복
**펴낸곳** 도서출판 동녘

**편집** 이정신 이지원 김혜윤 홍주은
**디자인** 김태호
**마케팅** 임세현
**관리** 서숙희 이주원

**인쇄·제본** 영신사　**라미네이팅** 북웨어　**종이** 한서지업사

**등록** 제311-1980-01호 1980년 3월 25일
**주소** (10881) 경기도 파주시 회동길 77-26
**전화** 영업 031-955-3000 편집 031-955-3005　**전송** 031-955-3009
**홈페이지** www.dongnyok.com　**전자우편** editor@dongnyok.com

• 잘못 만들어진 책은 바꿔 드립니다.
• 책값은 뒤표지에 쓰여 있습니다.
• 한국출판문화산업진흥원의 출판콘텐츠 창작자금을 지원받아 제작되었습니다.
• 이 도서의 국립중앙도서관 출판시도서목록(CIP)은 서지정보유통지원시스템
　홈페이지(http://www.nl.go.kr/ecip)와 국가자료공동목록시스템(http://www.nl.go.kr/kolisnet)에서
　이용하실 수 있습니다. (CIP제어번호: CIP2017006820)

# 당신이 계속 불편하면 좋겠습니다

홍승은 페미니즘 에세이

동녘

차례

○ 저자의 말　7

1 ──────────────── 돌아보면 좋겠습니다

○ 나는 엄마의 딸　21
○ 담을 수 없는 존재의 무거움　28
○ 병뚜껑 콤플렉스　35
○ 나는 당신을 모릅니다　40
○ 친절한 타인으로 남기　44 ·
○ 나의 명절 탈출기　49
○ 그 방에서는 여전히 빨래가 눅눅할까　57
○ 이따가 아빠 저녁밥 챙겨줘　62
○ 기어코 나를 두드리는 목소리　67
　새벽의 일기 #1: 고독이 찾아왔다　73
　새벽의 일기 #2: 애도받지 못하는 존재들　77

2 ──────────────── 무사하면 좋겠습니다

○ 식탁의 눈치 게임　83
○ 폭력의 자리　89
○ 일상적인 폭력 속에서 살아가기　94
○ 이 시대의 사랑　100
○ '진정한 페미니스트' 안 합니다　107
○ 숨은 남성과 드러내는 여성, 검은 시위　113
○ 모른다고 말할 용기　119
○ 손가락이 향해야 할 곳　125
○ 우리는 동등한 인간으로 만날 수 있을까　131
○ 몸의 이야기를 들어주세요　138
　새벽의 일기 #3: 아무리 익숙해도 문제가 아닌 건 아니다　143
　새벽의 일기 #4: 아직 예민하다　146

**3** ──────────────────── 들리면 좋겠습니다

○ 나는 불법이다  151

○ 페미니즘을 알려줘  159

○ 선천적 비혼주의자  166

○ 강간문화, 당신은 안녕한가요  175

○ 네 잘못이 아니야  182

○ 고슴도치를 품은 건 누구일까  190

○ 여성혐오 사회에서 여성이 리더가 된다면  199

○ 보이지 않는 노동을 하는 사람들  206

○ 내가 불쌍해 보이나요  213

○ 학교 밖 청소년, 이대로도 괜찮아요  221

새벽의 일기 #5: 불확실함을 받아들이기  229

새벽의 일기 #6: 무기력한 가을  233

**4** ──────────────────── 연결되면 좋겠습니다

○ 예민한 게 아니라 당연한 겁니다  239

○ 소외된 매력  244

○ 모두를 위한 카페 아닙니다  249

○ B에게 보내는 편지  255

○ '김치녀'이거나 '개념녀'이거나  262

○ 그들만의 민주주의  272

○ 지금 이곳의 정치  278

○ 당신은 사소하지 않다  282

○ 예술가와 예술작품은 별개다?  288

○ 당신이 계속 불편하면 좋겠습니다  291

새벽의 일기 #7: 언어가 필요하다  298

새벽의 일기 #8: 들려주세요  301

○ 추천의 말  305

**일러두기**

1 단행본·잡지·인터넷매체 등은 《 》 안에, 시·영화·방송프로그램·팟캐스트 등은 〈 〉 안에 넣어 표기하였다.

2 각주는 저자의 것이다.

3 본문에서 인용한 글의 출처는 다음과 같다.

○ 72쪽 — 최승자, 《기억의 집》, 문학과지성사, 1989.

○ 106쪽 — 최승자, 《이 시대의 사랑》, 문학과지성사, 1981.

○ 123쪽 — 루인, 〈콜린스의 "흑인 페미니즘 사상"을 봉합사 삼아 트랜스페미니즘을 모색하기 위한 메모: 패트리샤 힐 콜린스 지음, 박미선·주해연 옮김, 《흑인 페미니즘 사상》 서평〉, 《여성이론》 제21호, 2009.

○ 220쪽 — 정희진, 《아주 친밀한 폭력》, 교양인, 2016.

○ 232쪽 — 이서희, 《유혹의 학교》, 한겨레출판, 2016.

네 절망이 문을 닫는 시각에 나는 기어코 두드린다
너의 것보다 더욱 캄캄한 절망 혹은 희망으로
—최승자, 〈희망의 감옥〉 중에서

새벽마다 전화벨이 울린다. 수화기 너머 들리는 목소리에는 자책이 가득하다. "제가 너무 예민하고 유별난 걸까요." 어느 날 밤 나에게 전화한 후배는 동아리 내의 성차별적 문화가 불편하다고 선배에게 말하자, 그렇게 불편함을 느끼는 이유가 너의 자만 때문은 아닌지 돌아보라는 말을 들었다며 괴로워했다. 익숙하다. 불편함을 느끼는 자신을 향한 의심과 자책, 그리고 불편하지 않을 수 있는 권력을 가진 사람이 말하는 손쉬운 평화와 화해. 이 불합리에 전화를 끊자마자 몸에서 열이 올랐다.

"사소한 일에 목숨 걸지 마.""그냥 넘어가면 안 돼?"

"서로서로 이해하며 살자." 숱하게 들었던 말. 이 말을 내 몸으로 소화했을 때 나는 착한 딸, 착한 학생, 착한 노동자, 착한 여자였다. 더 이상 내 몸이 말을 삼키지 못했을 때, 나는 이기적이고 위험하고 불편한 존재가 되었다.

　행복이 의무가 된 세상에서 불편함은 낯설고 배척해야 할 감각이 된다. 그래서 불편은 곧 불행으로 여겨진다. 공기 같은 차별과 일상 속 권력관계를 감지하는 페미니스트가 사랑받지 못한 히스테릭한 존재라고 비하되는 이유도 같은 맥락이다. 불행한 여자이기 때문에 불평이 많다는 것이다. 하지만 불편과 불행은 같은 말이 아니다. 무언가에 불편함을 느낄 수 있는 힘은 '왜'라는 인간 본연의 질문과 섬세한 감각, '자연스러운 것은 없다'는 부지런한 지성에서 나온다. 그런 점에서 오히려 불편과 가까운 말은 정의正義이고, 나아가 자유다. 여성학자이자 평화학 연구자인 정희진의 말처럼, 상식에 도전하는 모든 새로운 언어는 우리를 행복하게 하지 않는다. 그러나 자유롭게 한다.

　나는 왜 책을 내려고 할까. 한참을 머물렀던 질문이다. 내 몸이 반응한 지난 새벽, 몸이 이유를 말하고 있었다. 나는 당신에게 닿고 싶다. 이 '불편한 책'이 매번 자신을 의심하고 해명하려고 노력해왔던, 그러나 생각하고 말하고 존재하기를 멈추지 않으려는 당신에게 전해지길 바란다. 자신을 이해해줄 곳 없어 혼자 뒤척이며 긴 밤을 보낼 때, "네가 예민한 게 아니라 그들이 무심하고 게으른 거야"라고 말해주는 새벽녘 한 통의 통화이길 바란다. 너의 절망이 문을 닫으려는 시간에, 너의 것보다 더욱 캄캄한 절망 혹은 희망으로 문을 두드리고 싶다.

오랫동안 나는 나를 해명해왔다. 고등학교를 그만두기로 결심했을 때, 주위 친구들부터 가족·선생님까지 내 세계에 존재하는 모든 사람이 나에게 물었다. 왜 학교를 그만두려고 해? 나는 학교에 다니는 이유를 모르겠고, 성적도 안 좋고, 학교는 너무 억압적이고, 내가 원하는 공부를 하고 싶어서라고 대답했다. 어떤 질문은 궁금증 해소가 아니라 통제가 목적이라는 걸 그때는 몰랐다. 내 대답은 상관없다는 듯 "그러다가 인생 망친다"는 경고가 돌아왔다. 염려와 협박이 뒤섞인 질문을 받을 때마다 나는 내 인생이 정말 '끝'날까 봐 두려웠다. 하지만 자퇴서를 제출했을 때, 나에게는 아무 일도 일어나지 않았다. 오히려 꾸르륵 잠수하다가 물 위로 올라왔을 때처럼 오랜만에 숨을 크게 쉴 수 있었다.

　그 뒤로도 나는 특정 선택을 할 때마다 대답해야 하

는 위치에 놓였다. 정확하게는 해명을 요구받았다. 고등학교를 그만두었을 때, 토익 시험이 아닌 학생운동을 선택했을 때, 수도권으로 가지 않고 지방에 남아 있겠다고 했을 때, 취업하지 않고 인문학카페를 오픈했을 때, 결혼이 아닌 동거를 선택했을 때…. 아빠가 바라는 대로 '남들처럼 평범하게' 살지 않고 주변으로 비껴갔던 나는 대다수의 관계에서 예외적이고 불편한 존재였다. 모난 돌이 정 맞듯, 모난 나는 질문을 맞았다.

　　이러한 질문은 나에게만 향하는 게 아니었다. 명절만 되면 '꼰대주의보'라며 어른들의 고나리질°을 경계하는 콘텐츠가 쏟아져 나올 만큼 무례한 질문을 던지는 건 이미 뿌리 깊은 문화이다. '성적은? 대학은? 연애는? 취직은? 연봉은? 결혼은? 자식은?'을 기본으로 '다이어트는? 피부 관리는? 살림은? 얼굴은?'과 같은 여성 전용 질문이 추가되기도 한다. 마땅히 학교를 다니고 취직해서 꼬박꼬박 돈 모아 노후 준비를 하고 결혼해서 안정적으로 살아야 한다

---

○　'관리'라는 단어를 빨리 칠 때 발생하는 오타인 '고나리'와 접미사 '질'을 더한 은어다. 하지만 원래 뜻과는 다르게 무엇을 관리한다기보다는 쓴소리를 하거나, 이것저것 간섭하고 가르치려 하거나, 이유 없이 비평하는 것을 의미한다.

는 어떤 '기본 값'을 전제하는 질문들은 쉽게 개개인을 침범하고 통제한다.

스무 살 K는 고등학교와 대학교를 거부했다. 처음 보는 사람들은 대번 그녀에게 "학교는 어디 다니세요? 몇 학번?"과 같은 질문을 한다. 머리가 짧은 J는 "머리 기르면 예쁠 거 같은데 왜 안 길러요? 화장 좀 하면 더 예쁠 텐데요?"와 같은 질문을 일상적으로 듣는다. 어떻게 보면 사소해 보이는 질문이지만 이 질문에는 결코 사소하지 않은 사회적 편견이 담겨 있다. 스무 살은 무조건 대학생이거나 재수생이어야 하고, 여자는 머리가 일정 정도 이상 길어야 함은 물론, 예뻐지길 욕망할 거라는 견고한 편견들. 아무 생각 없이 뱉은 질문은 정말 '생각이 없어서' 폭력이 된다.

생각 없는 질문은 관심의 얼굴을 하고 사람을 불안하게 만든다. 대학에 가는 게 당연한 사회에서 왜 대학을 가지 않느냐고 묻는 건 자연스럽게 느껴진다. 이미 기울어진 질문에 답하려고 노력하다 보면 언어의 한계에 부딪힌다. 자신의 행동을 누군가에게 의심받고, 시원하게 대답하지 못했을 때 느껴지는 박탈감은 사람을 불안과 의심 속으로 인도한다.

질문이 가진 폭력성을 알고부터 대답만이 능사가 아

니라고 생각했다. 이제는 질문하는 사람의 위치를 선점하거나, 질문을 받더라도 기본 전제를 비틀어 묻는다. 일명 질문 교차하기. 가령 "왜 학교를 그만뒀어?"라고 묻는 사람에게는 "왜 학교에 다녔던 거야?"라고 묻고, "왜 결혼을 안 하려고 해?"라는 질문에는 "왜 결혼해야만 사랑하는 사람과 살 수 있어? 왜 결혼한 관계만이 끈끈한 공동체라고 믿어?"라고 되묻는다. 최근에는 "페미니즘을 해명해주세요"라고 요구하는 사람에게 "페미니즘을 공부해 보셨나요? 마르크스를 공부해보지도 않고 해명해달라는 사람이 있나요? 페미니즘도 단일한 사상이 아닌데 어떻게 모든 페미니즘을 해명할 수 있지요? 애초에 왜 내가 주장도 아닌 해명을 해야 하는 거지요?"라고 물었다.

당연하게 여겼던 인식에 질문을 던지자 나를 향하던 질문의 화살을 자신에게 돌려 '난 왜 굳이 학교에 다녔을까. 난 왜 하나의 길만 있다고 생각했을까'라고 고민하는 사람들을 보았다. 물론 말이 막혀서 화내는 사람도 있다. 어찌 됐건 불편해하는 반응을 접하며 나는 묘한 해방감을 느꼈다. 지금처럼 내 방식대로 살아간다면 끊임없이 무례한 질문을 만날 게 분명한데, 이제 내가 감내해왔던 불편을 그들에게 건네기로 한 것이다.

고민의 연장에서 질문하는 공간 인문학카페36.5°를 열었다. 매일 쓰는 입간판, 소모임과 강연회, 독립출판물로 '다른' 질문을 던지기 시작했다. 기본 값의 세계에서 불편함을 느끼면서도 불편함을 해명해야 했던 내가 오히려 사람들에게 묻게 된 것이다. 여자라는 이유로 맨스플레인°의 대상이 되는 사회에서, 젊은 여자가 '감히' 누군가에게 질문을 던지는 건 그 자체로 작은 혁명이라고 생각한다.

어떤 질문은 나를 나로 살게 했다. 서른, 이혼 가정, 탈학교 청소년, 지방대, 적자 사업자, 월세살이, 장녀, 비혼주의자, 병약한 신체, 그리고 여성. 지금의 나를 이루는 '부분'들이다. 나는 초등학교 무렵부터 내가 서 있는 자리에서 관계 맺으며 부대끼던 일을 가슴에 물음표로 새겼다. 왜 나는 부모님의 이혼이 창피할까, 왜 나는 가난한 친구를 동정하며 멸시했을까, 왜 나는 학벌에 주눅 들까. 나로부터 시작된 물음표는 점차 세상을 향했다. 왜 학창 시절 암기 능력으로 학벌이라는 평생의 상패·낙인이 부여될까, 왜 이혼

---

° 맨스플레인mansplain은 남자man과 설명하다explain을 결합한 단어로, 대체로 남자가 여자에게 잘난 체하며 아랫사람 대하듯 설명하는 것을 말한다.

가정은 무조건 불행하다고 생각할까, '정상'가족의 기준이
무엇일까, 돈을 잘 버는 것과 잘 사는 것은 같을까, 왜 열심
히 일해도 가난할까.

질문이 물결처럼 퍼지는 중에 여자인 나에 대한 물음
에 당도했다. 왜 나는 밤거리를 자유롭게 다니지 못할까,
왜 공중화장실에서 두려움을 느낄까, 그것은 사랑이었을
까 폭력이었을까, 왜 나는 그에게 처녀인 척 했을까, 왜 내
외모에 만족하지 못할까, 왜 낙태 사실을 숨겨야 했을까,
그 짐을 혼자 떠안아야 했을까, 왜 내 감정과 경험을 사소
하다고 여겼을까…. 끝없는 물음의 연속에서, 나는 '페미니
즘'을 만났다.

페미니즘은 내 경험을 글로 표현하고 공유할 수 있도
록 용기를 주었다. "개인적인 것이 정치적이다"라는 페미
니즘의 오랜 명제는 내 글이 사적이고 의미 없는 글이라는
의심이 고개를 들 때마다 나를 붙잡았다. "만약 한 여성이
자신의 삶에 대해 진실을 털어놓는다면 어떻게 될까? 아
마 세상은 터져버릴 것이다"라는 뮤리엘 루카이저의 말은
내 경험을 숨기고 싶어질 때마다 솔직하게 글을 쓸 수 있
도록 도왔다. "존재란 과정·이야기·대화입니다"라는 스테
퍼니 스탈의 말은 내가 내 존재로 살아가기 위해서 끊임없

이 글 쓰고 고민하는 순간을 긍정하게 해주었다.

　보이지 않는 존재를 드러내고 보이지 않는 질문을 던지고 싶은 마음을 담아 책에 '페미니즘 에세이'라는 이름을 입혔다. 서점에는 남성·수도권·중산층·고학력·이성애자 저자가 '여의도 정치'를 비판하거나 경제적 불평등·철학을 다룬 책이 가득하다. 질문이 부족한 사회는 아니지만 질문하는 사람은 한정적이다. 가난한 남성이 가난한 여성을 폭행하거나 성을 구매하는 시인 김수영 식의 서사처럼, 남성과 여성·성소수자가 겪는 빈곤의 경험은 각각 다르다. 다른 사회적 차별과 폭력도 마찬가지이다. 그러나 남성이 아닌 그 외 존재가 직접 자신의 목소리를 내거나 '다른' 질문을 던지는 책은 찾기 어렵다.

　보이지 않고 들리지 않는 존재는 불편함을 주지 않는다. 우리가 무언가에 불편할 수 있는 건, 어떤 존재가 눈에 걸리적거릴 때이다. 여성을 비롯한 소수자의 몸에서 일어나는 일은 침묵됨으로써 존재하지 않게 된다. 그래서 그동안 드러나지 않았던 존재가 스스로 목소리를 낼 때, 세상은 딸꾹질한다. 나는 내가 속한 가족, 학교, 연인 관계, 사회에서 경험하고 느꼈던 이야기를 썼을 뿐인데 어느새 페미니스트라고 불리고 있었다.

나의 20대가 끝나고, 서른이 되는 봄에 책을 내놓게 되었다. 《당신이 계속 불편하면 좋겠습니다》는 한국에서 '우연히 살아남은' 20대 여성이 가정·학교·사회·학생운동·연애·우정을 통과하며 일상에서 겪고 느낀 순간을 기록한 책이다. 불쑥 올라오는 분노를 자판에 쏟아내듯 쓴 글도 있고, 공개해도 될지 망설이다가 손끝을 겨우 움직여 쓴 글도 있다. 뜨거운 순간을 간직하고 싶어서, 은근한 깨달음이 주는 부끄러움에 사로잡혀서, 위로받은 밤이 고마워서 쓴 글도 있다. 행간에 스며 있는 거친 내 감정 결을 보노라면, 숨기고 싶은 만큼 꼭 말해져야 한다는 확신도 든다. 내 감정은 결코 사소하지 않고, 내가 겪은 일은 나만의 일이 아니기 때문이다.

내 이야기가 선정적이고 비현실적으로 여겨질까 두려울 정도로 나는 많은 시간 동안 흔들리고 상처받았다. 그렇지만 나의 나약함을 말하고 연결되는 순간들이 있었기에 아파도 불행하지 않았다. 상처는 스스로 말할 수 있을 때 더 이상 상처가 아니라고 했던가. 덧붙여, 상처는 연결될 때 더 이상 상처로만 머물지 않는다. 목소리가 목소리를 부른다. 내 글을 통해 나라는 타인이 당신에게 전달되길 바라고, 당신의 이야기도 말해지고 들리길 바란다. 그 과정은 분명 불편한 일이겠지만, 우리를 자유롭게 할 거라고 믿는다.

　나는 당신이 계속 불편하면 좋겠다. 그래서 함께 자유로우면 좋겠다.


2017년 봄

홍 승 은

# 돌아보면
# 좋겠습니다

○ 나는
　엄마의 딸 ○

엄마는 꼭 나나 동생이 평범하지 않은 선택을 하거나 안 좋은 일을 겪으면, 우리에게 미안하다며 자기 탓을 한다. 며칠 전 동생이 임신중절수술을 하고 남자친구와 갈등을 겪으면서 아파할 때에도 엄마는 동생의 남자친구를 욕하기보다는 "승은아 미안해…. 승희랑 네가 나 때문에 방황하는 것 같아. 정말 미안해…"라며 새벽 내내 전화기에 대고 눈물을 흘렸다.

　　내가 고등학교를 그만둔다고 했을 때에도 그랬다. 사회운동을 한다고 했을 때에도, 취직을 하지 않고 카페를 오픈한다고 했을 때에도, 남자친구랑 처음 동거를 하겠다고 했을 때에도, 결혼을 하지 않겠다고 말했을 때에도, 아이를 낳고 싶은 마음이 없다고 말했을 때에도, 엄마는 모두 자기 탓이라고 했다.

이렇게 엄마 탓을 한 건 엄마뿐만이 아니었다. '딸 인생은 엄마 따라 대물림된다'는 말은 부모님이 이혼한 이후로 족쇄처럼 나를 따라다녔다. 아빠도 그랬다. 아빠는 나와 동생이 자기 마음에 안 드는 행동을 하면 무조건 엄마에게 전화해서 따졌다. "네가 그렇게 사니까 네 새끼들이 그렇게 사는 거 아니야." 전 남자친구의 부모님도 마찬가지였다. "나는 남편과 사이가 안 좋아도 이렇게 참고 사는데, 이혼하고 다른 남자들을 만나는 건 조금 그렇지 않니?"라며 결혼 생활을 인내하지 않고 다른 사람을 만나는 우리 엄마를 비난했다. 엄마를 향한 비난은 엄마의 딸인 내게로 향했다.

엄마를 포함한 주위 사람들이 엄마를 비난했던 이유는 엄마가 '엄마'가 아닌 다른 존재가 되었다는 이유였다. 엄마가 아닌 엄마.

처음 엄마가 낯설게 느껴졌던 건 내가 중학교 3학년 때였다. 어느 밤, 거실에서 흐느끼는 소리가 들려 잠에서 깼다. 문을 조금 열어 확인해보니 엄마가 아빠의 어깨를 붙잡고 울고 있었다. 술에 조금 취한 엄마는 아빠에게 "나 어떻게 해…"라며 서럽게 울었다. 무슨 일인지 걱정돼서 숨죽여 귀를 기울였는데, 엄마가 "나 그 사람을 너무 사랑하는데, 그 사람이 나한테 헤어지자고 그래. 어떡해? 나 너무 힘들어 여보…"라고 말했다. 순간 내 귀를 의심했다. 헉, 엄마가 무슨 소리를 하는 거지? 그리곤 머리가 하얘졌다.

그 뒤 엄마와 아빠는 이혼했고, 엄마는 자립하기 위해 김치 공장, 요양보호사, 식당 서빙 일을 했다. 그러면서도 틈틈이 여러 명의 남자친구를 만났다. 그들과도 뜨겁게 사랑하다가 헤어졌고, 가끔 나에게 연애 상담을 부탁했다. 전화해서는 "여기 일하는 곳 할아버지·할머니들이 엄마가 너무 좋대. 엄마는 이 일이 딱 맞아. 엄마는 여기서도 인기가 최고야"라고 힘든 기색 없이 웃으며 자랑을 하다가도, 이내 "승은아, 엄마 이상한 사람 아니지? 엄마 잘 살고 있잖아, 그렇지? 승은이는 엄마 믿지?"라며 끊임없이 나에게 '제대로 살고 있음'을 확인받고 싶어 했다. 엄마가 이상한 사람이 아니라는 것을, 괜찮은 사람이라는 것을 말이다.

청소년기 때 나는 엄마가 '엄마'가 아닌 '여자'의 얼굴을 하고 다른 남자를 사랑한다고 고백하는 모습이 낯설었다. 낯선 만큼 거부감이 들었다. 엄마가 다른 친구들의 엄마처럼 집에서 다소곳하게 집안일하면서 퇴근하는 아빠와 하교하는 우리를 맞아주길 바랐다. 하지만 엄마는 그러지 않았다. '아빠의 아내나 우리의 엄마도 아닌 저 여자는 누구지?' 풀리지 않는 의문과 이질감 속에서 나는 엄마의 빈자리를 그리움과 분노로 채웠다. 그런 내가 그렇게 미워하고 수치스러워했던 엄마를 닮는다니, 그건 생각하기도 싫은 일이었다. 나는 내 삶은 내가 주체적으로 선택하는 것이고, 이제 독립적인 존재이므로 엄마의 그늘에서 벗어난 지 오래라고 엄마를 부정했다.

부모님의 이혼 사유가 되었던 엄마의 낯선 욕망은 여자의 일생이 누군가의 아내나 엄마가 될 수밖에 없다고 생각했던 내 굳은 생각을 와장창 깨주었다. 깨진 생각의 파편을 어떻게 처리해야 할지 한참 헤맸다. 한번은 대학 동기들과 이야기를 나누다가 친구가 "엄마가 제발 우리 엄마로 살지 않았으면 좋겠어. 이기적이더라도 자기 생각만 하고, 자기 인생을 살았으면 좋겠어"라고 한탄하는 것을 들었다. 신기했다. 나는 엄마가 우리 엄마로 남길 바라며 힘들어했는데, 어떻게 저런 생각을 할 수 있지? 들어보니 많은 여자 친구들이 그 친구와 비슷한 고민을 하고 있었다. 아버지의 폭력이나 무관심에도 자식들 때문에, 타인의 시선 때문에 악착같이 참고 사는 엄마가 딸로서 보기 힘들다고 했다.

그때 나는 내 엄마, 아니 그녀를 다시 생각하게 되었다. 그녀는 태어날 때부터 '엄마'가 아니었다는 것. 가족 구성원이 되기 위해 존재하는 사람이 아니라는 것. 지금의 내가 그렇듯, 순간의 느낌에 집중하며 최선을 다해 자신에게 주어진 삶을 살아갔을 뿐이라는 것. 선택이 '결혼'이라는 제도로 이어졌고, 시간이 흘러 다른 선택을 했을 때 그것이 '이혼'이라고 이름 붙여진 것뿐이다. 그런데 왜 선택에 붙여지는 이름표에 따라서 그녀는 사회적인 축복과 비난을 받아들여야 했을까. 끝없이 이어지는 질문을 거치며 나 또한 누군가의 아내나 엄마가 아닌 온전한 '나'이고 싶다는 간절한 바람을 가지게 되었다. 그렇게 나는 엄마의 삶에 겹쳐졌다.

처음 엄마를 낯설게 본 그날 밤 나는 엄마가 보였던 눈물이 원망스러웠는데, 이제는 그 눈물을 따라 내 눈시울도 붉어질 정도로 엄마의 마음에 공감할 수 있게 되었다. 지금 내가 스스로 꽤 좋아하는 부분은 엄마의 모습과 닮아 있다. 엄마는 사랑에 누구보다 몰입하는 사람이었고, 기존의 관습을 뛰어넘을 만큼 현재에 충실한 사람이었다. 대책

없이 돌진하는 엄마의 태도를 나는 닮았다. 관계를 맺고 끊는 데 겁이 많지만 합리성을 추구하느라 현재의 솔직한 느낌을 포기하는 것을 용납하지 못하는 성격도 그렇다. 멀리 내다보기보다 당장의 느낌에 반응하고, 사랑하고, 사랑하는 사람의 인생과 부딪치면서 또 다른 행로를 선택하는 걸 두려워하지 않았던 엄마의 모습은 나에게 고스란히 남았다. 나는 엄마 덕분에 "우리가 결혼이나 가족만을 최선의 관계로 생각하는 건 관계에 대한 상상력이 부족하기 때문이야"라고 친구에게 말할 수 있게 되었고, "그래도 결혼은 해야지, 남들이 뭐라고 생각하겠어…" 따위의 말을 하지 않게 되었다. 이런 내 모습이 다행이라고 느낀다.

나는 누군가의 삶이 결혼·이혼·비혼이라는 언어로 전부 설명되지 않는다는 것을 엄마·아빠의 관계를 통해 배웠다. 합리적인 사랑, 마땅히 그래야 하는 책임, 명확한 관계와 같은 확실하다고 '믿는' 것들을 믿지 않는다. 나에게 그것은 마치 출렁이는 파도를 좁은 울타리에 억지로 가두려는 것과 같다. '마땅히' 그러면 안 됐을 것 같은 상황에서도 사랑을 고백하고 그 속으로 뛰어들었던 엄마의 사랑이, 우리에게 숨김없이 고백해준 죄책감과 번뇌가 지금은 고맙다. 어떤 문학작품보다도 생생한 삶의 모습을 겪게 해주었으니까. 내가 '엄마'가 아닌 다른 '무엇'으로도 충분히 살아갈 수 있다는 걸 엄마는 자신의 삶으로 부딪치며 우리 자매에게 가르쳐주었다.

어느 날 밤, 눈물 흘리며 마음 아파하는 엄마에게 나는 능청스럽게 "엄마가 있어서 우리가 이렇게 큰 거야. 그래서 나는 우리 엄마가 너무 자랑스럽고 좋아. 진심이야, 엄마. 엄마가 내 엄마라서 다행이야"라고 말했다. 한참 울던 엄마는 어이없다는 듯이 "얘가 엄마를 가지고 노네"라면서 피식 웃었다. 울어서 코맹맹이가 된 목소리에서 새어 나오는 희미한 웃음이 반가웠다. 지금 나와 엄마와 동생의 삶이 꽉 막힌 코 사이로 새어 나오는 그 웃음처럼 느껴졌기 때문이다. 나는 엄마의 딸이 맞다. 나와 엄마의 다른 점은 엄마는 그런 자신을 미안해하지만 나는 내 자신이 고마운 것(어쩌면 뻔뻔하고 능청스러운 것), 그거 하나다.

## ○ 담을 수 없는
존재의 무거움                                    ○

"승은이 너 결혼은 언제 해."

"저는 결혼 안 할 거예요."

"어머, 결혼은 해야지 그래도."

"아니요. 저는 비혼으로 살 거예요."

"애, 네 부모님이 힘들다고 너까지 그렇게 하면 되니? 너는
잘 살 거야."


이모가 카페에 왔다. 이모는 미국에 산다. 오랜만에
한국에 와서 5년 만에 만난 이모는 만난 지 20분 만에 서
른이 다 된 조카에게 결혼을 재촉했다. 이모는 비혼주의라

는 나의 의사를 무시하고 자신의 삶의 방식을 강요했고, 우리 부모님의 이혼이 무조건 불행할 거라고 단정 지었다. 부모님의 삶이 나에게 지대한 (악)영향을 미쳤을 거라고도 속단했다. 하나하나가 무례하고 불쾌했다. 어디에서부터 반박해야 할지 아득하게 느껴져서 반 포기 상태로 가만히 이모의 말을 들었다. 이모가 돌아갈 때쯤 꺼낸 용돈 20만 원을, 사양하는 척하다가 냉큼 챙겼다. 내 감정노동의 대가였다.

가기 전 이모가 나에게 말했다.

"승은이는 여전히 착하구나. 순하고."
"아, 저 원래부터 안 착했고, 안 순했어요."
"아니야. 너는 어릴 때부터 착하고 순했어."

오랜만에 들어보는 말이었다. 착한 아이. 어릴 때부터 부모님을 포함한 친척, 주위 사람들은 나를 착한 아이라고 불렀다. 왜 그렇게 말해왔는지 궁금했는데 이번에 이모와의 만남을 통해서 나는 그 이유를 짐작할 수 있었다. 그들은 상상 속에서 내 모습을 설정하고 역할을 강제했다. 나를 '착하다'고 말해왔던 사람들은 내가 어떤 걸 원하고, 어떤 걸 하고 싶은지에는 별반 관심이 없었다. 내가 원하는 걸 이야기하면 자신의 틀로 재단하면서 손쉽게 틀리다고 말했다. 만약 이모에게 끝까지 내가 원하는 삶을 고집하고 간섭하지 말라고 했다면 이모는 절대 "승은이는 여전히 순하구나"라고 말하지 않았을 것이다.

우연히 초등학교 때 쓴 일기장을 보았다. 일기장에는 "나는 엄마에게 자랑스러운 딸이 되기 위해서 더욱 착하고 예의 발라질 것이다" "나는 착하고 도덕적인 사람이 될 것이다"라는 다짐이 쓰여 있었다. 엄마, 혹은 누군가가 기쁘도록 말을 잘 들을 거라는 어린 나의 다짐을 보며 마음이 씁쓸해졌다. 오랜 시간 다른 사람이 흡족하게끔 말 잘 듣는 아이로 살아왔던 지난날이 떠올랐다.

"승은이는 참 착해." 이 말은 너무나 달콤해서 나는 일부러 더욱 희생을 자처하기도 했다. 당시 내 주위를 둘러싼 사람들의 사랑과 인정은 내 존재의 이유였다. 문제는 그 사랑에 언제나 조건이 달려 있었다는 점이다. 도덕과 규칙, 효도와 도리라는 이름의 견고한 유리벽이 나를 둘러싸고 있었다. 어릴 때부터 길들여져서 목줄이 없어도 선을 넘지 못하는 동물원의 코끼리 이야기처럼, 나는 허용된 범위 안에서의 적당한 자유를 누렸다. 완전한 억압이 아닌 모호한 자유는 스스로가 자율적이라고 착각하게 했고, 안정적이었기에 안심이 되기도 했다. 가끔 유리벽에 부딪칠 때마다 사랑하는 사람들의 고통 소리가 들려왔다. 너는 어쩜 그렇게 이기적이니, 너 원래 착했잖아, 너 때문에 내가 참고 살았는데.

처음 내 존재 자체로 사랑받았던 기억이 언제일까. 스무 살 때 사귀었던 남자친구는 나에게 "네가 어떤 모습이어도 나는 널 사랑해"라고 말했다. 사랑을 "혁명의 전초"라고 했던 평론가 고미숙의 말이 이해됐다. 통금 시간을 어기고, 부모가 정한 상대가 아니라도 밀어붙이고, 가출도 감행할 수 있는 용기가 생기는 일. 근원적인 억압인 가족으로부터 벗어날 수 있게끔 불을 지피는 일. 조건 없이 사랑받는 순간 나오는 힘은 그간의 조건 있는 사랑이 얼마나 가볍고 위태로웠는지 확인하게 해주는 계기가 되었다. 그의 말이 비록 일회성 사탕발림에 지나지 않더라도 스무 살 나는 그의 사랑에서 힘을 얻었다. 하나둘 금기를 뛰어넘었다. 제도권 교육 밖에서도, 주류 경제 밖에서도 세상이 흔들리기는커녕 내 삶이 별 문제없이 이어지는 걸 확인했다. 금기라는 유리벽은 단지 타인의 시선이 만들어낸 환상에 불과하다는 걸 몸으로 배웠다.

타인의 기준 바깥에서 살아가는 건 수많은 눈총을 받는 일이었다. 기존의 고정관념에서 비켜서서, 상대가 바라는 모습대로 살아주지 않기로 하고부터 나는 비난과 소곤거림을 감내해야 했다. 요즘 내가 가장 많이 듣는 말은 뒷담화이다. 나를 이해하지 못하고 한심해하거나 걱정하는 사람들이 하루가 멀다 하고 늘어가고 있다. 예전 같으면 한 명이라도 나를 미워하는 걸 견디지 못했는데, 지금은 나를 미워하는 사람이 늘어날 때마다 '아, 나 잘 살고 있구나'라고 생각한다. 어떤 미움은 힘이 되기도 한다.

언젠가 글쓰기 모임에서 대학 졸업반인 A가 "공무원을 하며 평범한 삶을 살고 싶다"는 글을 썼다. 그때 내가 "A는 이미 페미니즘에 관심을 가지면서 평범한 여성의 성역할에 반기를 들고 있고, 공무원 준비와는 전혀 상관없는 공부를 지금 이곳에서 함께 하고 있잖아요. 이미 너무 평범하지 않은데요?"라고 말했다. 말이 끝나자마자 A의 눈이 붉어지더니 금세 눈물을 뚝뚝 흘렸다. 그녀는 자신이 무엇을 할 수 있는지 모르겠는데 부모님이 공무원이 되길 원했고, 그래서 스스로 그렇게 믿고 싶었다고 말했다. 흔들리는 마음이 두려워서 다짐하듯 글을 썼다고 했다. 몇 주 뒤, 글쓰기 모임 마지막 시간에 그녀는 공무원 준비를 그만두고 뭐가 됐건 자신이 원하는 것들을 해볼 거라고 수줍게 말했다.

보통의 존재라고 못 박기에 나와 너는 고유하다. "학교는? 직장은? 결혼은? 아이는?"과 같은 질문이 공허한 이유이다. 걷는 보폭, 젓가락질하는 손가락 모양, 리듬을 탈 때 끄덕이는 고개의 각도, 드러나지 못한 욕망…. 재단할 수 없는 사람들 고유의 빛을 본다. 특공무술 사범이었던 J가 자신의 시선에 닿는 것을 드로잉으로 표현할 때, 이성으로 똘똘 뭉친 언어만을 사용했던 L이 자신의 감정을 조금씩 표현하기 시작할 때, 드디어 자기의 언어를 찾은 것 같다며 눈물 흘리는 사람들을 마주할 때, 작은 이탈이 내 주위에서 일어날 때마다 나는 그 순간을 함께할 수 있어서 기쁘다.

"저는 세상의 어떤 도덕이나 규율이 아니라, 언니의 존재를 믿어요." 가까운 동료 H에게 들었던 말이다. 여태껏 들었던 말 중 가장 나를 자유롭게 해주는 말이었다. 나는 앞으로도 누군가의 미움을 척도로 삼고, 누군가의 사랑을 힘으로 삼을 것이다. 다른 누군가에게 "나는 세상의 어떤 도덕이나 규율이 아니라, 당신의 존재를 믿어요"라고 꼭 말해주고 싶다. 나는 당신을 믿는다. 당신의 존재를 믿는다.

보통의 존재라고 못 박기에
나와 너는 고유하다.
걷는 보폭, 젓가락질하는 손가락 모양,
리듬을 탈 때 끄덕이는 고개의 각도,
드러나지 못한 욕망….
재단할 수 없는 사람들 고유의 빛을 본다.

## 병뚜껑
## 콤플렉스

열여섯, 가만히 앉아 있어도 땀이 맺히는 눅눅한 여름이었다. 쉬는 시간에 시원한 콜라를 샀다. 책상 앞에 앉아 콜라를 마시려는데 뚜껑이 좀처럼 열리지 않았다. 몇 분 동안 낑낑대고 있는 나를 보더니 친구가 말했다. "야, 너 약한 척하지 마." 가뜩이나 뚜껑이 안 따져서 답답하던 차에 그 말을 들으니 더 목이 막혔다. 약한 척이라니? 억울하고 화가 났지만 친구에게 따지는 대신 콜라병을 가방에 넣었다. 친구 앞에서 열려고 분투하는 모습을 보이기가 자존심 상했기 때문이다.

  내 피부 중 다른 곳보다 유독 여린 손바닥 살. 게다가 악력까지 약해서 고무장갑을 끼지 않는 한 웬만한 음료수는 직접 뚜껑을 돌려서 따기 어렵다. 딱 그 정도 생활의 불편함이 있었을 뿐이었는데 그게 누군가에게는 눈꼴사나운 일이 된다니. 그 뒤로도 몇 번 비슷한 핀잔을 받고서 사람들 앞에서 병뚜껑을 따는 걸 꺼리게 되었다. 카페에서 유자차 병이나 탄산수 뚜껑을 딸 때면 손님들이 보지 못하게 뒤돌아서 분투한다. 물론 가까운 사람들에게는 "내 손바닥 상태 알지? 당장 따줘!"라고 당당하게 요구하지만, 사정을 잘 모르는 사람들 앞에선 지레 말하곤 했다. "제가 워낙 악력이 약하고 손바닥 살이 연해서요. 절대 약한 척하는 게 아니에요."

내 손바닥처럼, 내가 가진 약한 면이 누군가에게 해석되며 콤플렉스가 된 여러 가지가 있다. 그 가운데 대표적인 건 내 태도. 나는 종종 '교회 언니' 같다는 소리를 듣는다. 초등학생 때까지는 열혈 모태신앙 기독교인이었으니 과거형으로는 맞는 말이기도 하다. 사람들이 말하는 교회 언니 이미지는 주로 '긍정적이고 리액션 잘 해주고 착하고 따뜻하다'는 것인데, 실제로 드러나는 내 평소의 모습은 그렇다. 부모님의 눈치를 많이 보고 자라서 그런 것도 있고, 눈치를 봐온 입장이기 때문에 다른 사람이 눈치 보지 않았으면 해서 의식적으로 노력하는 것도 있고, 그러다 보니 습관처럼 몸에 밴 것도 있다. 사회복지를 전공하며 사람과 소통하는 법을 진지하게 고민했던 영향도 있고, 무심한 사람을 불편해하는 내 성향도 섞여 있다. 다른 여타의 모습이 그렇듯, 지금의 내 태도도 여러 계기가 교차하며 형성됐다. 어찌 됐건 지금 나는 누군가의 눈치를 살피며 살뜰히 챙기고 소통하는 걸 좋아하고 그게 편하다.

그런데 이런 내 모습을 보고 "너는 왜 그렇게 착한 척해?" "너무 여성스럽게 행동하는 거 아니야?"라거나 "사람들 눈치를 너무 보는 거 아니야? 그냥 너 편한 대로 해!"라고 말하는 사람들이 있다. 전자도 그렇지만 후자의 반응은 날 위해서 하는 말처럼 들리면서도 지금의 내 모습이 꾸며진 거라는 전제가 깔려 있어서 불편하다. 사람들에게 친절하고 싶은 것뿐인데 그게 왜 잘못이지? 마치 '병뚜껑을 못 따는 건 약한 척하는 거니까 편하게 따'와 다를 바 없다고 느껴진다.

그뿐 아니라 컨디션이 안 좋으면 어지러워지는 '메니에르병' 때문에 무박 2일 집회에서 밤을 새지 못하고 집으로 돌아가야 하는 상황에서 "쟤는 꼭 이런 때 아파. 중간에 가더라"라는 말을 들었을 때, 정말 몸이 안 좋아서 무거운 걸 못 들었을 뿐인데 "여자들은 꼭 힘쓸 때 빠져"라는 말을 들을 때면 내 약한 몸이 싫었다. 그래서 더 악착같이 무거운 걸 들고 무리하다가 몇 날 며칠을 앓곤 했는데, 그런 밤이면 이 정도도 버티지 못하는 내 몸이 더 미웠다.

사실 드러나는 모습만 그럴 뿐 나는 눈치 보느라 남에게 끌려다니거나 할 말 못 하는 사람은 아니다. 가까운 H는 나에게 "언니는 겉은 유한데 속은 엄청 과격하고 급진적인 사람"이라고 말한다. H의 말처럼 나는 적잖이 반항적이고 고집 있고 막장을 즐기고, 내 신념대로 살고자 하는 사람이다. 이런 내 성향을 알게 됐을 때, "겉으로는 착한 척하면서 뒤로는 호박씨네" "역시 착한 척이었어"라는 반응이 돌아오기도 한다.

이러지도 저러지도 못하는 상황의 연속이었다. 나는 오랫동안 내 안에 '여성적'이라고 불리는 여리고 약한 점들을 부정하고 지우려고 했다. 농담을 던지며 호탕하게 웃는 문화보다 세심하게 서로의 이야기에 귀 기울이는 시간이 좋고, '대의大義' 전에 사람 사이에서 느껴지는 섬세한 배려와 세심함이 좋은 나는 그냥 이런 사람일 뿐인데. 왜 그대로의 나를 자꾸 숨기고 부끄러워했을까.

어느 오후, 타인의 무심한 눈빛과 말 한마디에 상처 받고선 '아, 내가 너무 여리고 소심해서 그래. 성격을 더 쿨하게 바꿔야지!'라고 생각하고 있었다. 내 푸념에 카페 팀원들이 "언니의 섬세함이 좋아요. 우리는 우리만의 세심한 결이 있는 거 같아요"라고 말해주었다. 습관처럼 자책한 걸 알아채곤 왜 약하고 여린 모습을 미워하고 숨기려고 했는지 나를 돌아본다. 약한 모습을 여성스러워서 보호해주고 싶다는 몇몇 남자들의 반응처럼, 약한 건 여성스러운 태도니 극복해야 한다는 반응도 덜컥 걸린다. 그냥 나는 그런 사람일 뿐인데.

열아홉 살에 만나서 10년 넘게 절친인 K는 '여자는 남자
보다 못나야 한다. 순종적이고, 참하고, 사랑스럽게 보여
야 한다'는 전형적인 사랑받는 여성상을 학습받아온 친구
였다. 자신의 능력을 낮추고 타인(특히 남자)에게 맞추는 데
에너지를 사용했기에 7년 동안 연애를 하면서 친구들의 분
통을 터지게 한 일이 한두 번이 아니었다. 남자친구에게 뭐
든 살뜰히 챙겨주는 '엄마' 같은 존재면서도 무시당하는 그
녀를 보며, 그동안 헤어지라는 말을 천 번 넘게 했다. 남자
친구에게 언어폭력을 당하면서도 사랑이라는 이름으로 관
계를 이어오던 친구. 그랬던 친구는 노동 현장에서도 비슷

한 관계 패턴을 반복했다. 착취와 차별을 당하면서도 상사가 알고 보면 좋은 사람이라며 인내하는 착한 노동자였다.

그밖에도 내 기준에서 친구가 답답한 점은 한둘이 아니었다. 지난여름, 나는 K에게 '또찌'라는 못된 별명을 붙여주었다. '또라이찌질이'의 준말이었다. 나는 '또찌'에게 "당장 헤어져(일 그만둬)! 너 평생 그렇게 산다. 후회하지 마. 아휴 답답해"라며 입버릇처럼 핀잔을 주었다. 그녀가 평생 남들에게 끌려다니며 희생하면서 살게 될 거라고 생각해왔다. 왜 자신의 삶을 저렇게 방치해두는지 혼자 화가 날 때도 있었다.

그런 친구가, "나 같은 게 뭘 한다고…"라는 말을 달고 살았던 친구가, 6년 동안 다녔던 직장을 그만두더니 하고 싶은 일을 하겠다며 매주 서울로 수업을 다니고 있다. 7년을 만난 남자친구에게도 이별을 선언했다. 그날 카페에 와서는 "그래도 그 사람은 좋은 사람이었어. 너무 미워하지 말아줘"라며 평평 울었다. 긴 연애 기간만큼 이별이 낯설고 아플까 봐 걱정했는데, 카페에서 진행하는 모임·강연에도 적극적으로 참여하면서 앞으로 좋은 사람들과 관계 맺으면서 살고 싶다고 웃어 보인다. 상상도 할 수 없었던 친구의 모습이었다.

친구는 요즘 글을 쓴다. 생전 처음 남들에게 보이는 글을 쓰는 거라고 했다. 친구에게 일어난 일련의 변화가 갑작스러운 '사건'이라고 생각했는데, 요즘 친구가 쓰는 글을 보며 그 변화가 갑작스러운 게 아니라는 걸 알았다. 폭력적인 아버지의 모습을 보면서 '엄마처럼 살지 않겠다'고 다짐했던 날들, 혹시 자신의 연애 관계가 부모님 같은 관계일까 봐 걱정하고 아파한 시간, 자책하고 괴로워했던 많은 밤들…. 나는 알지 못했던 친구의 오랜 뒤척임을 보았다. 당장 결단을 내리진 못했어도 매일 겹겹이 질문을 쌓아올렸던 친구의 외로운 시간 앞에서 부끄러움을 느꼈다. 날 선 말을 하더라도 믿고 함께해주면 되는 거였는데, 나는 뭐가 그렇게 답답하고 화가 났을까.

이틀 전 밤 지인에게 우연히 들은 말, "누군가에 대해 외부 사람들은 아무리 잘 알아도 언제나 모를 수밖에 없는 것 같아요." 이 말이 온종일 머리에 맴돌았다. 우리는 타인을 얼마나 알고 있으며, 또 얼마나 알 수 있을까. 나도 나를 잘 모르는데 누군가를 '감히' 안다고 말할 수 있을까.

누구나 자신의 자리에서 치열하게 고민하며 오늘을 살아간다는 것을 내가 오랫동안 '또찌'라고 놀려온 친구에게 배웠다. 얼마 전 친구에게 너는 정말 용기 있고 멋지고 절대 '또찌'가 아니라고, 그동안 믿어주지 못하고 재촉해서 미안하다고 말했다.

그렇게 친절한 타인이 되고 싶다고 말하면서도 자꾸 같은 실수를 반복한다. 내가 모른다는 사실을 아는 것만큼 어려운 일은 없다. 지금 나에게 가장 필요한 말, 우리가 서로를 알 수 있는 유일한 말, 나는 당신을 모릅니다.

○ 친절한
　　타인으로 남기　　　　　　　　　　　　　　○

엄마가 내 나이였을 때에는 부모에게서 독립하기 위해 결혼하는 경우가 많았다고 한다. 예전에는 그 말이 무척 철지난 얘기로 들렸는데, 지금도 결혼을 통해서만(혹은 타 지역으로 진학, 진로를 핑계 삼아야 겨우) 부모에게서 독립할 수 있다고 하소연하는 지인들을 본다. 물론 높은 월세와 낮은 월급이라는 경제적 이유도 있겠지만, 그것만으로 다 설명되지 않는 문화가 깊이 자리 잡고 있다.

　나는 스물세 살에 독립(가출)을 했다. 내가 일찍부터 집을 떠나고 싶었던 이유는 가족이라는 이유로 요구되는 단속이 싫었기 때문이다. 가장 먼저 떠오르는 장면은 엄마의 립스틱 색깔을 단속하는 아빠의 모습이다. 외출할 때마다 아빠는 엄마의 립스틱 색깔이 붉다며 지우라고 말했다. 그 말 뒤에는 "꼭 술집 여자 같다. 어디 야하게 그런 걸 바르냐"는 핀잔이 붙었는데, 그래서인지 언제부턴가 엄마는 스킨 톤의 무난한 화장만 했다. 내가 보기에 엄마는 얼굴이 희어서 붉은색 입술도 잘 어울릴 것 같았는데. 화장, 옷차림, 머리 모양과 같은 외모뿐 아니라 시간(통금·외출·수면·기상·식사), 관계(동창회·친구) 등 어떻게 보면 숨 쉬는 것 빼고 엄마의 일상 대부분은 아빠의 단속 대상이 되었다. 가끔 엄마도 아빠의 통제를 거부하기는 했지만 보통은 갈등이 일어나는 게 성가시다며 아빠에게 맞췄다.

엄마를 향한 아빠의 단속은 자연스럽게 우리 자매에게 이어졌다. 공무원이 최고니 일찍 시험을 준비하라는 아빠의 말에 열아홉 살 때 공무원 학원에 다니기도 했고, 통금 시간 엄수는 물론, 남자친구와의 관계를 허락받아야 하는 것은 기본이었다. 참지 못하고 무턱대고 가출을 감행한 뒤 비로소 자유로워졌다고 생각했는데, 공간이 분리되고도 한참 동안 부모님과 나는 서로에게서 분리되지 못했다.

겨우 부모님과 거리를 두었지만, 연애를 시작하면서 나는 다시 비슷한 통제를 겪어야 했다. 20대 중반까지 만났던 남자친구는 나의 외모부터 인간관계, 과거(순결 여부)와 미래(자신의 엄마가 공무원을 좋아한다고 나에게 공무원을 하라고 요구하기도 했다)까지 통제하려 했고, 통제를 벗어날 거면 자신을 설득시키라고 요구했다. 내가 브래지어가 불편해서 잘 안 하고 다닌다고 말하자 어떻게 자신에게 먼저 말하지 않았냐고 서운해했는데, 이렇게 내 몸의 사소한 것 하나까지 침범하려고 드는 그가 내 귀가 시간과 만나는 사람, 일상을 침범하는 건 당연한 일이었다.

억압은 학교나 직장과 같이 보이는 시스템에만 있다고 생각했다. 그래서 다니라는 학교를 그만두고, 하라는 취업을 하지 않고, 하지 말라는 사회운동을 하고, 하라는 결혼을 거부한 것처럼 눈에 보이는 나름의 큼직한 반항들은 스스로가 관습과 통제에서 자유로운 사람이라는 믿음을 주었다. 하지만 나에게 가장 어려웠던 해방은 가까운 관계로부터의 해방이었다. 그것은 종종 사랑이라는 이름으로 미화되었고, 그래서 거부했을 때 죄책감을 주었다. 사랑하기 때문에 나를 통제한다는 말은 집착과 폭력의 경계를 아슬아슬하게 오가며 나를 헷갈리게 만들었다.

어제도 남자친구에게 엠티 가는 걸 허락받는다는 후배의 이야기, 부모님의 눈치를 보며 진로를 선택하려는 친구의 이야기를 들었다. 한참을 생각했다. 사랑의 다른 모습을 상상해보았다. 우리가 서로에게 친절한 타인으로 남을 수 없는 걸까. 각자의 삶을 존중하면서도 때로는 날 선 말로 서로의 굳은살을 해체하며 예민하게 성장할 수 있는 관계로. 여전히 나도 사랑한다는 이유로 상대를 통제하고 싶은 마음을 누르기 힘들 때가 많지만, 많은 부분 이 욕망이 상대를 위하는 게 아니라 내가 편해지기 위해서란 걸 떠올리며 정말 필요하다고 생각되는 부분이 아니라면 말을 줄이려고 노력한다.

누구도 한 사람의 인생을 책임질 수 없으며, 어떤 사람도 누군가의 구원이 되지는 못하니까. 상대의 삶에 깊숙이 들어가서 영향을 주는 것보다, 서로의 경계를 존중하며 친절한 타인으로 남는 게 더 어렵다. 관계 맺음의 상상력 갖기. 존재 앞에서 겸손해지기. 그것이 관심이 아니라 침범이었다는 걸 인정하기.

우리가 서로에게
친절한 타인으로 남을 수 없는 걸까.
각자의 삶을 존중하면서도
때로는 날 선 말로
서로의 굳은살을 해체하며
예민하게 성장할 수 있는 관계로.

## ○ 나의 명절 탈출기 ○

명절이 되면 핸드폰이 쉴 새 없이 울린다. "얘들아, 명절은 쉬는 날이 아니었어. 나 오늘 하루 종일 일하다가 베란다에서 세탁기 잡고 울었다." 2년 전 결혼한 친구의 메시지를 시작으로 다른 친구들의 증언이 속속히 울린다.

몇 달 전 결혼한 친구는 '남자친구'가 '남편'이 되자마자 태도가 확 바뀌었다며 하소연하고, 명절에 전만 부치다가 기름 냄새가 온 몸에 배어서 계속 속이 울렁거린다는 친구도 있다. 결혼하지 않은 친구의 사정도 다르진 않다. 아침부터 짜증내는 아빠 때문에 엄마가 중간에서 자신의 눈치를 봤다며 한숨 쉬거나, 남자는 거실에 여자는 부엌에 있는 구도를 더는 참을 수 없다며 분노한다. 올 설에도 어김없이 핸드폰 너머로 들려오는 친구들의 호소에 "얼른 명절에서 탈출하길 바라"라고 말했다.

어릴 때 명절하면 떠올랐던 이미지는 〈가족오락관〉이었다. 오랜만에 만나는 친척들과 안부를 묻고, 덕담을 나누고, 윷놀이하고, 맛있는 음식 배불리 먹고, 헤어질 때 슬쩍 용돈을 건네받는 풍경이 '화목한 가족'의 모습이라고 생각했다.

이렇듯 완벽하다고 믿었던 관계 속에서 걸리는 점이 보이기 시작한 건, 초등학생 무렵이었다. 여자들은 부엌에서 일하고 남자들은 앉아서 텔레비전 보는 모습을 볼 때, 엄마는 할머니 집과 외할머니 집에 가서도 일하고 아빠는 어디를 가도 쉬는 모습을 볼 때 그랬다. 자식 자랑, 집 평수 비교, 스포츠·정치 이야기로 날 세우는 식상한 대화나 친척들의 고나리질이 이어질 때도 마찬가지였다. 그럼에도 참고 웃었던 이유는 가족만이 인간관계의 '핵'이며 가장 소중한 관계라고 모두가 말했기 때문이다.

초등학생 때부터 20대 초반까지 명절을 맞이하며 내키가 자라고, 친척들의 모습이 달라지고, 조카가 생기고, 큰엄마의 자리를 그 집 며느리가 채우는 등의 변화가 있었다. 유일하게 변하지 않았던 건, 나를 불편하게 만드는 명절의 풍경이었다.

스물두 살에 맞이한 설날, 나는 외가에 갔다. 오랜만에 마주한 얼굴들 속에는 사촌 오빠와 결혼한 새언니가 있었다. 눈빛이 상냥했던 언니에 대한 기억은 앞치마를 두르고 분주하게 움직이는 모습밖에 없다. 언니와 외숙모의 일하는 뒷모습을 보다가 거실에서 인자한 미소를 짓고 있는 외삼촌을 보았다. 순간 들었던 생각, '외삼촌의 저 여유와 인자함은 어디에서 나오는 걸까.' 분주한 부엌 풍경과 대비되는 평온한 삼촌의 모습이 그날따라 이질적으로 다가왔다. 그 간극에서 느껴지는 부조리에 나는 애써 표정 관리를 해야 했다.

평범한 식사 시간이었다. 여자들이 차린 식탁의 상석에는 남자들이 앉았고, 가장자리에 여자들이 앉았다. 그리고 본격적인 식후 고나리질이 시작됐다. 당시 한창 학생운동을 하던 나와 동생을 못마땅하게 보던 아빠는 외삼촌들에게 "얘들이 취업 준비는 안 하고 마르크스 책이나 읽는다"고 말했다. 그때부터 집중 포화가 이어졌다. 정신 차리고 돈 벌어서 시집갈 준비해야 한다, 마르크스 같은 거 읽어서 뭐하느냐, 다른 사촌처럼 똑똑하게 살아야 한다며 비교하기도 했다.

지적의 내용보다 우선 나를 화나게 했던 건, 그때에도 과일을 깎고 있었던 새언니의 모습이었다. 당장 눈앞에 있는 사람의 일이나 거들고 나에게 조언하지 싶은 마음이 들었다. 또 모두가 독실한 크리스천이라 매번 밥 먹기 전에 '이웃 사랑'을 실천하자고 기도하면서, 지금 나에게 이웃 생각은 말고 너부터 돈 벌어 시집갈 준비나 하라고 말하는 태도는 얼마나 모순적인지. 조금 전 외삼촌의 얼굴을 마주했을 때와 같은 이질감을 느꼈다.

그날 외삼촌 집을 나서며 동생과 나는 다짐했다. 다시는 이곳에 발을 들이지 말자고. 우리가 존중하며 관계 맺는 관계가 아니라면, 굳이 머릿수 하나 채우는 일은 하지 말자고. 그 뒤로 나는 명절에서 자유로워졌다. 정확하게는 명절이 아닌 가족에서 자유로워졌다고 하는 게 맞다.

이런 나의 변화를 말하면 굳이 그렇게까지 할 필요가 있느냐는 말을 듣곤 한다. 친척들은 우리 자매에게 '부모님이 이혼해서 위축된 거 아니냐'며 안쓰러워한다. 주위 사람들의 반응도 크게 다르지 않다. 상처가 많아서 가족에 대한 반감이 생긴 거라고 말한다. 정작 명절에 자신은 힘들다고 하면서도, 그 명절에서 이탈되어선 안 된다고 나를 다그친다. 내가 '비혼'을 얘기할 때에 내미는 잣대와 같다.

최근 남자인 한 친구는 나에게 "명절에 듣는 훈계 정
도야 흘려듣다가 용돈이라도 받으면 되는 거 아니냐"고 말
했다. 일 년에 한두 번 친척들 얼굴 보는 날인데 그 정도
는 감수할 수 있지 않겠냐면서. 나는 단호하게 그럴 수 없
다고 말했다. 그가 느끼기에 명절이 힘든 이유는 오지랖과
꼰대질 때문이겠지만, 나에게 명절은 듣기 싫은 잔소리만
참으면 되는 날이 아니었다.

나는 결혼을 하지 않아서 덜 힘든 편이었지만, 내가
명절 때 용돈을 받는 건 가사노동과 감정노동에 대한 비용
이다. 설사 내가 일하지 않고 버틴다 해도 엄마가 내 몫까
지 고스란히 떠안는 모습을 지켜보는 괴로운 상황이 펼쳐
진다. 내가 만약 명절 때 책을 읽는다면 집안일 하나 돕지
않는 '자격 없는' 존재가 되지만, 남자인 사촌이라면 똘똘
하다고 지지받을 것이다. 그러니 명절에 친척들의 잔소리
에만 오로지 불편함을 느낄 수 있는 것도, 서 있는 위치의
차이에서 오는 것이라 생각한다. 나에게 명절은 잔소리를
참으며 적당히 타협하며 보내면 되는 일과는 다른 감각으
로 다가왔다.

집안의 평화를 위해 명절 끝나면 아내에게 잘해주라

는 조언은 쉽게 통용되지만, 그 말 속에 '아내'이기 전에 '한 사람'이 놓인 상황에 대한 관심은 없다. 애초에 불평등한 구조적 문제는 지운 채, 어떻게든 그 구조를 이어가겠다는 심보만 보인다. 사랑한다면 애초에 왜 사랑하는 이가 휴일에 홀로 눈치를 보고 쉼 없이 일하게 만드는 걸 방관할까. 식탁 앞에서 성별을 구분 짓고 대놓고 하대하는 모멸감을 느끼게 할까. 부모님과 아내 사이에서 눈치 보는 일이 괴롭다는 징징거림은 권력을 가진 사람이 할 수 있는 고민이라는 걸 알고 있을까. 집안의 평화가 이렇게 누군가의 침묵과 불평등 속에서 이어진다면, 그 평화는 누구의 언어일까.

가장 '사적'이라 여겨져서 알고도 빠져나오지 못하는 문제가 한국사회의 가족 문화라고 생각한다. 내가 선택한 '비혼'과 더불어 기존에 주어진 가족 관계를 재정립하는 일은 나에게 가장 필수적인 혁명이었다. 가족 관계의 불평등한 구조가 집약적으로 드러나는 명절의 변화는 가족 관계 재배치의 시작이다.

자기가 가지 않으면 엄마 혼자 모든 일을 다 할 것 같아서 죄책감이 느껴진다는 친구도 있다. 나도 비슷한 감정에서 자유롭지 않았다. 하지만 '엄마의 딸' '미래의 엄마'

'미래의 며느리'라는 역할을 거부하는 지금, 나의 몸부림이 장기적으로 엄마를 위하는 일이라고 생각한다. 엄마도 처음에는 나와 동생에게 왜 가족 행사에 참여하지 않느냐며 서운함을 토로했지만, 지금은 우리의 의사를 존중해준다. 가끔은 "나도 너희처럼 진작 이렇게 자유로울 수 있다는 걸 알았다면 달랐을까…"라고 말하기도 한다.

'화목한 가족' '정겨운 명절'이라는 아름다운 말에 녹아 있는 권력과 역할극을 의식적으로 깨려고 노력한다면, 모두가 화목하고 정겨운 명절도 충분히 가능하다. 내 친구 L은 불평등한 명절 문화와 가부장적인 가족 관계에 문제의식을 느끼고, 부모님께 긴 편지를 썼다. '화목한 가정'이라고 믿었던 부모님은 친구의 편지에 큰 충격을 받으셨고, 한동안 친구와 연락을 하지 않았다. 세 달 뒤, 부모님은 친구에게 "우리 때에는 당연해서 몰랐다. 미안하다"라며 친구가 말한 부분을 고쳐보겠다고 말씀하셨다. 친구는 전보다 자주 부모님을 만나며 서로 존중하며 지내고 있다. 갈등을 계기로 부모자식 전에 한 인간으로 우정을 나누게 되었다고 한다.

스물세 살부터 나는 명절에 혼자인 사람들과 모여서 파티를 열었다. 그마저도 몇 년 전부터는 명절이라고 굳이 특별할 필요 없다고 생각해서 일상적으로 보낸다. 이번 설에 나는 동거인과 동생, 동생의 동거인, 명절에서 해방된 지인 둘과 함께 노래를 만들고 음식을 해먹고 영화를 보았다. 혼자 책 읽고 글을 썼다. 부모님과는 명절이 아닌 다른 날 중에서 서로가 보고 싶을 때 보기로 약속하고 전화로 덕담을 나눴다.

주위에 명절을 불편하게 여기는 것에 그치지 않고 탈출하는 사람이 늘어나고 있다. 눈치·죄책감·모멸감이 스며들지 않는 평등하고 서로 존중하는 관계, 내 삶과 감정을 비비며 맞댈 관계를 주체적으로 맺으며 살아가고 싶다. 다양한 명절 풍경이 필요하다. 원래 그런 일은 없고, 이미 늦은 일은 더더욱 없다.

○ 그 방에서는 여전히
    빨래가 눅눅할까                                    ○

자취 7년 차. 그동안 1년에 두 번, 2년에 한 번씩 총 여섯 번 이사를 했다. 작은 도시 춘천, 대학가 주변에서만 자취했기 때문에 동네를 걸을 때면 내가 살았던 방이 쉽사리 눈에 들어온다. 간혹 그 건물로 들어가는 사람을 볼 때면 '저 집은 정말 벌레가 많을 텐데' '저 집은 너무 추울 텐데' '여름에 힘들 텐데' 같은 걱정이 든다. 한때는 내가 씻고, 먹고, 자면서 생활했던 가장 사적인 공간을 얼굴 한 번 본 적 없는 누군가와 시차를 두고 공유하는 게 신기하다. 몇 년마다 이사하며 서로의 공간을 공유하는 일은 자연스럽게 그 사람의 입장과 처지가 되어보는 역할극처럼 느껴진다. 또 지금 내 몸은 잠시 편한 곳에 있지만 언제든 떠나야 하는 세입자이기에 다시 그곳으로 갈 수 있다는 막연한 두려움도 든다.

처음 돈 한 푼 없이 집을 나왔을 때는 보증금 분납이 가능한 천장 달린 공간이면 어디든 상관없다고 생각했다. 혼자 사는 것, 나만의 공간에 로망이 있었기 때문에 작은 불편함쯤은 극복 가능하다고 여겼다. 해가 갈수록 이사하고 살림을 꾸리는 일이 낭만이 아닌 구체적 노동과 생활이라는 걸 느끼면서 방을 바라보는 내 시선도 달라졌다.

첫 자취방은 학교 후문 산비탈에 있는 작은 방이었다. 세 사람이 둘러앉으면 팔만 겨우 뻗을 수 있을 정도로 방이 비좁았다. 공과금이 포함돼서 겨울에 뜨겁게 바닥을 데울 수 있고, 창문으로 춘천 시내가 다 들어와서 밤마다 야경을 감상하는 재미가 쏠쏠했다. 하지만 내 낭만적 일상을 방해하는 문제가 있었으니, 바로 시도 때도 없이 나타나는 벌레들이었다. 날아다니며 날개를 퍼덕이는 중지 크기의 바퀴벌레와 돈벌레, 온갖 해충들이 아침저녁으로 나타났고, 그들은 침대 밑, 베개 아래, 화장실, 천장 어디서든 등장해서 나는 집에서 밥 한 끼 마음 편하게 먹지 못했다. 가끔 창밖의 야경을 보며 분위기라도 잡으려 치면, 이내 천장에서 파닥파닥 소리와 함께 바퀴벌레가 날아들고 손바닥만 한 거미가 창문 틈으로 뚜벅뚜벅 기어들어왔다.

참고 견디다가 2년 만에 이사한 두 번째 방. 그 방을 선택한 기준은 '무조건 벌레가 없는 곳'이었다. 다행히 벌레는 나오지 않았으나 그 방에는 햇빛도 들어오지 않았다. 창문에 옆 건물이 바로 붙어 있어서 붉은 벽돌만 보였기에, 온종일 방이 어두컴컴하고 음습해서 한낮에도 형광등을 켜놓아야 했다. 통풍과 단열도 전혀 되지 않아서 한여름에는 밖보다 훨씬 덥고 습했다. 그해 여름, 나는 반나절 만에 서른 번 넘게 샤워를 했다. 뜨겁고 눅눅한 공기에 숨 쉬는 것도 힘겹게 느껴져서 동생하고 '살기 위해서' 있는 돈 없는 돈을 탈탈 모아 근처 모텔로 피신을 떠난 적도 있다. 일주일 동안 에어컨이 빵빵한 모텔에서 쉬면서, 다음에는 꼭 햇빛이 들어오고 에어컨이 있는 방으로 가겠다고 다짐했다.

세 번째 자취방은 에어컨이 있고, 창문이 커서 빛과 바람이 잘 들어오고 벌레도 안 나왔지만 곰팡이가 있었다. 한겨울에도 창문을 열어놓지 않으면 금세 벽에서 물이 줄줄 흘러나와 모락모락 곰팡이가 피었다. 조금만 방심하면 피는 곰팡이 때문에 퀴퀴하고 추운 겨울을 보내야 했다.

다음 자취방도 곰팡이가 말썽이었고, 그전 방보다 더 추워서 방 안에서도 패딩과 털 실내화를 착용하지 않으면 안 됐다. 보일러를 틀어도 바닥만 뜨겁고 더운 공기가 위로 올라오지 않았다. 게다가 원래 주택이었던 공간을 얇은 벽으로 분리해놓은 형태여서 자려고 침대에 누우면 옆집 사람의 핸드폰 진동 소리, 코 고는 소리까지 들렸다. 기묘한 동거. 옆집 사람들에게도 내 소리가 들릴까 봐 항상 음악을 일정 정도 틀어놓고 숨죽이며 생활했다.

지금 살고 있는 일곱 번째 방. 여태까지 자취하면서 살았던 방 중에서 가장 좋다. 창문으로 하늘이 보이고, 곰팡이 걱정 없이 겨울에도 창문을 닫아놓을 수 있고, 보일러가 낙후되지 않아서 도시가스비가 덜 나오고, 방과 방 사이가 잘 분리되어서 서로의 사생활이 보장된다. 게다가 벌레도 없다.

여섯 번의 이사를 통해 배운 점. 창문을 통해 날씨와 시간을 가늠할 수 있는 게 당연하지 않다는 것, '역시 집이 최고'라는 말이 모두에게 해당되지 않는다는 것, 다른 누군가에게 내 불편한 자리를 떠넘기고 지금 내가 '잠시' 편안할 뿐이라는 것. 새로운 건물이 세워질 때 그 옆 낮은 건물이 걱정되는 것처럼, 몸으로 익힌 인식의 확장이었다.

몸이 편해지면 감각도 무뎌진다. 내 생활로 배운 감각들, 차별들, 어떤 가난들을 계속 기억하고 싶다. 지금처럼 무더운 여름이면 서른 번 내 몸을 씻게 만들었던 그 방이 떠오른다. 그 방에서는 여전히 빨래가 눅눅할까.

○ **이따가**
아빠 저녁밥 챙겨줘 ○

한 무리의 청년이 카페에 왔다. 페미니즘·여성혐오라는 말이 대화 속에서 언뜻 오가다가 '밥'에 대해 열심히 토론하기에 재미있어서 조금 엿듣게 되었다. "이따가 아빠 저녁밥 챙겨줘." 엄마가 외출할 때면 항상 했던 말이라고 한다. 자연스럽게 들어온 말이지만 따지고 보면 이해가 되지 않는다고 했다. 냉장고에서 반찬만 꺼내먹으면 되는 걸 왜 아빠는 밥을 '챙김받아야' 하는 걸까? 물론 엄마도 그 역할을 자연스럽게 여겨왔겠지만 서로 아무런 의심 없이 행하는 차별적 관행들이 일상 곳곳에 존재하는 게 신기하다고 말했다.

카페에서 페미니즘 세미나를 진행할 때도 비슷한 이야기가 나왔다. 첫 모임이었기에 각자 참여하게 된 이유를 얘기했는데, 모두 누구를 변화시키기 이전에 자신이 변화하고 싶어서 모임에 참여하게 되었다고 했다. 결혼 3년차인 A 언니는 언제부턴가 집을 비울 때 신랑이 밥을 챙겨먹지 못할까 봐 걱정하는 자신을 발견하고서, 남편에게 "당신은 내가 집에 혼자 있으면 밥은 잘 챙겨먹을지 걱정해?"라고 물어봤다고 한다. 신랑은 "아니?"라고 대답했고, 그때 새삼 의문이 들었다고 했다. 남편이 가부장적이거나 권위주의적인 사람이 아닌데도 암묵적으로 언니가 자연스럽게 밥을 챙겨주는 역할을 해왔다는 것이다. 이런 의문을 갖게 된 것도 최근이었다며, 서로 의식하지 못한 채 보이지 않는 굴레에 갇혀 있었다는 생각이 든다고 했다.

A 언니는 특별히 순종적인 사람이 아니다. 오히려 항상 글을 쓰면서 자신의 삶에 진실하려고 노력하는 '주체적' 여성이다. 그런데도 언니는, 아니 우리는 자신도 인지하지 못하고 '어떤 모순' 혹은 '어떤 문제'를 일상적으로 반복하고 있었다. 누군가에게는 별일 아니라고 느껴질 수도 있지만, 그 작은 행동과 언어 하나하나가 어떤 파장을 일으키는지 아는 사람은 무척 경계하게 되는 것이 사소한 말과

행동이다.

　사람들과 이야기를 나눌수록 내 삶에 존재했던 수많은 모순이 드러났다. 일상으로 받아들이던 것들을 건드리기 때문에 많은 사람들이 페미니즘에 격렬하게 반응하는 건가 싶기도 했다. 언젠가부터 엄마의 노동은 부엌의 고정된 풍경이었다. 아침·점심·저녁이 '뚝딱' 나오는 거라 믿는 우리의 평범한 식사 시간처럼, 뼛속 깊이 새겨진 습관이기 때문에 모두 문제를 느끼지 못하고 느끼고 싶어 하지 않는 것일 수도 있겠다고 생각했다.

　여태까지 나를 키워온 밥은 아빠의 노동에서부터 온 거라 믿었는데, 그 믿음이 깨진 계기가 있다. 열다섯 살 아침, 그날은 사소한 이유로 엄마와 말다툼을 했다. 화가 난 엄마가 벌떡 일어나서 밖으로 나갔고, 엄마에게 미안한 마음이 들어서 설거지라도 해놓으려고 식탁 앞에 섰다. 식탁에는 엄마가 먹던 딱딱하게 식어버린 밥과, 아침에 가족 중 누군가 먹다 남긴 반찬 쪼가리가 놓여 있었다. 온 가족이 잠에서 깨기 전에 일어나서 밥을 짓던 엄마는 왜 우리가 남긴 찬밥을 먹고 있었을까. 어쩌면 항상 그래왔을 텐데 엄마가 부엌에서 사라지고 나서야 비로소 엄마의 모습이 보였는지 모른다. 왠지 식어버린 찬밥이 엄마를 닮은 것 같아, 울컥하는 마음에 굳은 밥을 쓰레기통에 버렸다. 찬밥이 아니라 내가 마주한 엄마의 쓸쓸한 모습을 지워버리고 싶었는지 모른다.

사람들과 이야기를 나눌수록
내 삶에 존재했던
수많은 모순이 드러났다.
일상으로 받아들이던 것들을
건드리기 때문에
많은 사람들이 페미니즘에
격렬하게 반응하는 건가 싶었다.

○ 기어코
　나를 두드리는 목소리　　　　　　　　　　　○

같은 교복, 같은 머리, 같은 나이, 같은 수업과 시험. 모든
게 같아야 했던 학창 시절, 나에게 공부는 오직 성적을 잘
받기 위한 수단이었다. 매일 생각했다. 나 학교에 왜 다니
지. 이 끝없는 공부의 길을 벗어나면 어떻게 될까. 고민 끝
에 고등학교 1학년 여름, 학교를 그만두었다. 막상 학교에
서 벗어나 보니 열일곱 내가 할 수 있는 일은 많지 않았다.
일상의 자극이라고는 시험을 준비하고 등수가 나오는 '시
험 주기'로만 채워져 있던 나에게 새로운 삶의 생기를 찾
는 일은 묘연했다.

　　돈이라도 벌겠다는 심정으로 시내의 한 피자집에서

홀서빙 아르바이트를 시작했다. 사장님을 비롯한 사람들은 나에게 "무슨 사고를 쳤기에 학교를 안 다니냐" "잘린 거 아니냐"고 물었다. 평일 낮에 청소년이 학교가 아닌 곳에 있다는 이질감과 '자퇴생'을 향한 편견이 고스란히 전달됐다. 또래 친구나 선생님 외에 다른 관계를 맺는 일은 처음이었기에 나를 향한 시선이 낯설었다.

내가 일했던 피자집에는 배달하는 20대 청년이 있었다. 하루는 그가 나에게 검정고시 시험 준비를 어떻게 하냐고 물어봤다. 나는 "검정고시 준비하시려고요? 제가 공부하던 교재 드릴까요?"라고 물었고, 그는 내게 "아니요. 제가 가르치는 제자가 검정고시를 준비한다고 해서요"라고 답했다. 알고 보니 그는 사범대학교를 다니고 있었고, 학원에서 학교 밖 청소년을 가르치고 있었다. 사소한 대화였지만 나는 그날 내 말이 부끄러워서 오랫동안 이불 속에서 몸을 웅크렸다.

그가 말한 적이 없었음에도 나는 으레 그가 학교를 이탈한 사람이라고 생각했다. 내가 배운 세계에서는 노동도 성적순이었다. 나에게 '배달'에 대한 이미지는 소위 사고치고 학교를 그만둔 일탈 청소년·청년이 하는 일이라는 인식이 있었다. 나 또한 타인에게 '학교 밖 청소년'이라는 고정된 이미지로 낙인찍히는 걸 가장 싫어했으면서 같은 잘못을 저질렀다. 사람들의 편견 어린 시선, 그와 다르지 않은 내 시선이 불편했다. 학교에 다니며 항상 공부를 해왔지만 그 공부는 지금의 나와 내 주위를 설명하지 못했다. '앎'이라는 건 시험지에만 있다고 여겼는데 시험지 바깥에 훨씬 더 많은 배움이 있다는 걸 느꼈다. 사람과 세상은 성적순대로 직선으로 그어진 게 아니라는 것과 복잡한 층위로 얽혀 있다는 것도.

나는 다시 '공부'를 시작했다. 학교에서 배웠던 명확한 정답이 있는 공부와 다른, 내가 아는 걸 해체하는 공부였다. 시민단체, 학생 자치 모임, 정당 활동, 독서를 통해서 다양한 사람을 만나며 내가 알던 직선의 세계를 해체했다. 타자를 만나고 목소리를 듣는 일은 내게 매번 충격과 부끄러움을 안겨주었다.

생각해보니 학창 시절 나는 매년 서른 명 이상의 동갑 친구를 만나고 새로운 선생님을 만났지만, 아무도 만나지 못했다. 생각과 생활·꿈·고민이 다른 존재였을 텐데 우리는 서로의 다름을 알지 못했다. 교복이 각자의 차이를 지워버렸던 걸까. 대화 주제도 주로 연애와 시험·대학에 관한 것이었다. 최근 대학 졸업반인 후배로부터 "돌이켜보니 4년의 대학 생활 동안 관계에서 어떤 감정을 느껴본 적이 있나 싶어요. 제가 이상하게 살았던 건가 싶기도 해요"라는 말을 들었다. 타인의 목소리를 듣지 못하는 건 단지 중·고등학교 시절의 문제만이 아니었다.

중요한 건 단순한 만남이 아니라 타자의 세계를 새로운 방식으로 마주할 수 있는 계기였다. 고민을 담아 2013년에 인문학카페를 오픈했다. 교육은 학교에서만 이뤄지는 게 아니며, 오히려 학교 밖에서 더 많은 걸 배울 수 있다는 걸 나누고 싶었기 때문이다. '교육의 위기'는 다름을 허용하지 않는 '학교의 위기'일 뿐이라는 걸 증명하고 싶었다.

카페에는 다양한 사람들이 찾아왔다. 무속인인 H는 어머니가 무속인이라는 이유로 학창 시절에 따돌림을 당했던 기억을 글쓰기 모임에서 꺼냈다. H의 말에 모임에 함께했던 사람들도 하나하나 기억을 떠올렸다. 피부가 까맣던 친구의 필리핀 어머니를 '구경'하러 놀러 갔던 기억, 집안이 가난한 게 부끄러워서 더 가난한 친구를 놀렸던 기억, 미운털 박힐까 봐 친구가 따돌림당하는 걸 방관했던 기억. 모인 사람 모두가 자신의 과거를 더듬으며 부끄러워하고, 사과를 이어갔다. H는 오랜 상처가 위로받는 느낌이라고 말했다. 학창 시절이었다면 교복으로 가려졌을 서로의 다름이 드러나기 시작했다.

단지 서로의 목소리에 귀 기울였을 뿐인데, 낯선 풍경이 펼쳐졌다. 모임에 참여했던 사람들은 모임을 시작할 때는 상상력이 부족해서 사람들을 통해 배울 수 있다는 것을 기대하지 못했는데, 책보다도 사람들에게 배운 것이 더 많았다고 말한다.

인문학카페를 운영한다고 말하면 사람들은 어떻게 공부를 하느냐고 묻는다. 그럼 나는 사람과 연결되어 있음을 확인하는 일이 전부라고 답한다. 내가 얼마나 타자와 촘촘하게 연결되어 있는지 발견하고, 나에게 영향을 미치는 타자의 존재를 알아가고 받아들이는 일이 내가 생각하는 인문학이다. 시험문제를 푸는 게 아닌, 곁에 있는 타자의 존재를 확인하는 일. 귀마개를 꽂는 게 아닌, 나를 부르는 소리에 귀 기울이는 일. 가까이에 존재하는 교육을 찾아 우리는 너무 멀리 돌아왔다.

최승자 시인의 시 〈희망의 감옥〉에 이런 시구가 있다. "내 희망이 문을 닫는 시각에 너는 기어코 두드린다. 나의 것보다 더욱 캄캄한 희망 혹은 절망으로. 내 절망이 문을 닫는 시각에 나는 기어코 두드린다. 너의 것보다 더욱 캄캄한 절망 혹은 희망으로." 내 희망이나 절망이 문을 닫는 시각에 누군가 나를 부른다. 그때 나는 내 세계를 벗어나 그의 목소리에 응답한다. 그의 것보다 더 큰 희망 혹은 절망으로. 그렇게 나는 세계 속에서 너를 만나며 살아가고 있다.

## 새벽의 일기 #1:
## 고독이 찾아왔다

나는 '메니에르병'이라는 생소한 질병을 앓고 있다. 그래서 조금만 피곤하거나 스트레스를 받거나 높은 곳, 넓은 곳, 시끄러운 곳에 가면 이명과 함께 현기증을 느낀다. 컨디션에 따라 다르지만 영화관에서 영화를 끝까지 보지 못하고 중간에 나오기 일쑤고, 시끄러운 지하철역에 서 있는 것도 나에게는 힘든 일이다. 놀이기구는 물론, 비행기도 타지 못해서 이래저래 생활에 불편함이 많다. 이렇게 시도 때도 없이 찾아오는 현기증보다 힘든 건, 사람들은 모두 평온한데 혼자 식은땀을 흘리며 안간힘을 쓸 때 찾아오는 외로움이다. 사람들이 곁에 있지만 내 고통을 이해해줄 사람은 아무도 없을 것 같은 고독은 혼자일 때보다 군중 속에서 더 크게 느낀다.

처음 고독을 느꼈던 건 중학교 3학년 때였다. 당시 나는 반 친구들에게 은따(은근한 따돌림)를 당했다. 학교에서는 그런대로 지낼 수 있었다. 하지만 어김없이 소풍날은 찾아왔고, 나에겐 그 큰 놀이공원을 함께 다닐 친구가 없었다. 그나마 짝꿍이었던 친구는 뒤에서 나를 욕하고 다녔던 아이였다. 그걸 알면서도 함께 다녀야 하는 상황이 자존심 상하고 부끄러웠다. 색색의 놀이 기구, 신나는 음악, 삼삼오오 몰려다니는 친구들의 웃음소리. 그 밝고 화려한 빛과 분위기 속에서 나는 처음으로 사무치는 외로움을 느꼈다.

부모님의 이혼 후 동생과 맞이했던 명절도 비슷했다. 명절이 다가오면 엘리베이터가 북새통을 이룰 정도로 아파트에 많은 사람들이 오갔다. 그 많은 사람들 가운데 우리를 찾아오는 사람은 아무도 없었다. 옆집·윗집·아랫집으로부터 스며드는 고소하게 전 부치는 냄새, 윷놀이 하는 소리, 아기들의 울음소리. 사람들과 나를 긋는 벽 하나. 그 벽 하나를 두고 동생과 나는 작은 방에 앉아서 빌려온 만화책을 보고 과자를 씹으면서 내내 시간을 보냈다. 우리가 할 수 있는 일은 어서 명절이 지나가기만을 바라는 것뿐이었다.

메니에르병 증상도 많이 호전됐고 명절에 아무것도 하지

않아도 그때만큼 고독하지 않은 요즘, 오랜만에 다시 비슷한 감정을 느끼고 있다.

막연하게 이론으로만 알았던 '페미니즘'이 삶으로 성큼 들어왔다. 지독하게 평범했던 일상이 지독히도 무섭게 다가온다. 지금 이 순간도 온라인에서는 많은 이들이 '사랑받는 여자의 조건'을 공유한다. 여성은 비이성적이고 감상적이라며 한 개인의 고유한 감각을 부정하는 언어가 퍼진다. 엄마들은 명절을 맞이해 여전히 부엌을 지키고 있고, 갓 결혼한 친구는 "너희는 결혼하지 마. 명절은 쉬는 날이 아니었어"라며 늦은 밤 카카오톡 메시지를 보낸다. 여성은 성녀 아니면 창녀로 분류되고, 여성혐오는 트렌디한 개그 코드로 많은 이들에게 재미를 준다.

모두가 아무렇지 않게 즐기는 문화 속에서 나는 노래도, 영화도, 책도 보고 듣기 힘들다. 이런 고민을 이야기하면 "페미니즘에 너무 빠지지 말라"는 말을 하는 사람들이 대다수다. 내가 살면서 느껴온 많은 불편함을 설명해주는 페미니즘을 하나의 편협하고 비합리적인 신앙 정도로 여기는 사람들의 태도가 나를 더욱 외롭게 한다.

무기력·우울·분노·슬픔이란 말로는 다 설명할 수 없는 감정이다. 오래 내 안을 들여다보았다. 지금의 상태를 이해하고 싶었다. 세상은 너무 견고한데 변한 건 혼자인 것만 같은 감정이 나를 짓눌렀다. 곁에 사람들이 있지만 아무도 온전히 내 아픔을 이해해주지 않을 것 같은 감정, 고독이었다. 오랜만에 다시 고독이 찾아왔다.

## 새벽의 일기 #2:
## 애도받지 못하는 존재들

자살한 사람들의 부고 기사를 매일 페이스북에 공유하는 작가님이 있다. 꽤 이름이 알려진 사람의 죽음에 모두가 애도의 물결을 이룰 때에도 작가님은 꿋꿋하게 이름 없는 사람들의 죽음을 애도한다. 어제도 본 것 같고, 한 달 전에도 본 것만 같은 언뜻 비슷해 보이는 삶과 죽음의 모습. '이름 없는 사람들'은 대개 스스로 말하지 못한다. 지역, 성별, 나이, 직업, 자살의 이유가 짤막하게 간추려져서 나올 뿐이다. 신문 부고란 몇 줄의 기사로 한 사람의 삶이 정리되는 사회에 완벽하게 적응된 나에게, 차곡차곡 그들의 죽음을 애도하는 작가님의 페이스북은 내가 잊고 사는 많은 이름 없는 사람들을 상기하게 하는 공간이다.

우리는 어떤 죽음에는 크게 슬퍼하고, 어떤 죽음에는 이상하리만큼 무감각하다. 세월호 희생자들의 죽음에는 누구보다 마음 아파했으면서, 정작 아랫집 여자의 매 맞는 소리에는 항상 귀를 닫았다고 말한 한 인디 가수의 고백은 내 모습과 닮아 있었다. 친한 친구 L은 세월호 직전에 원치 않는 임신을 해서 낙태했다. 낙태를 한 다음 날 세월호 사건이 일어났고, 몸과 마음이 아프고 지쳐 있었음에도 그녀는 정작 자신을 돌보지 않았다. 자신의 아픔이 하찮게 느껴졌기 때문이라고 했다.

누군가의 부재는 '마땅히' 애도해야 하는 것이 되고, 누군가의 부재는 그렇지 못하다. 매 맞는 아랫집 여자가 당한 폭력은 '그런 남자를 만났거나, 여자도 똑같거나, 여자가 맞을 만했거나'로 해석되며 희석되고, 낙태를 한 여자의 아픔은 '그렇게 피임을 잘 했어야 했다, 여자가 자초한 일, 여자가 아니라 죽은 아이가 불쌍하지'라며 폄하된다. 파리 테러의 희생자를 애도했던 많은 사람들은 아프리카·시리아·팔레스타인 등 제3세계 곳곳의 희생자들에게도 같은 슬픔을 느꼈을까. 위안부 소녀상 앞에서 함께 아파하지만, 성매매 여성들의 죽음이나 폭력에는 어떨까. 여전히 '자발적 매매춘'이었는지 '강제적 인신매매'였는지는 위안부 문제의 중심 화두가 된다. 설사 '매매춘'이라면 그 폭력은 다르게 해석되는 걸까. 키우는 강아지의 죽음에는 슬퍼하지만, 매일 식탁에 올라오는 동물들의 죽음에는 무감각하다.

한 서울대생의 자살은 아직까지 나에게 선명한 질문을 던진다. 그의 유서를 읽고 또 읽으면서 생각했다. 그는 스스로를 설명할 언어가 있었기에 그나마 자신이 '살아 있었음'을 이야기할 수 있었고, '죽음' 역시 말할 수 있었다. 많은 사람이 그의 안타까운 죽음을 애도했다. 몇 달이 지난 지금까지도 나는 그를 기억한다. 오늘도 소리 없이 죽어간 사람들과 그의 차이가 무엇이어서 내 감정이 차별적으로 반응하는 걸까.

주디스 버틀러가 말한 "살아 있어도 살아 있지 못하는 비실재화된 폭력"에 노출된 수많은 사람을 떠올린다. 애초에 살아 있지 못해서 죽을 수도 없는 삶. 사람뿐 아니라 동물·자연 등 스스로의 언어를 갖지 못해서 소리 없이 사라지는 존재들. 애도받지 못하는 존재들이 얼마나 많을까. '애도'라는 지극히 개인적인 감정도 정치적으로 선별되어 작동할 수 있다는 사실을 인정하고 싶지 않지만 수긍하게 되었다. 그 많은 죽음은 어디로 갔을까.

# 무사하면
# 좋겠습니다

## ◯ 식탁의
## 눈치 게임 ◯

매일 아침, 식탁에서는 눈치 게임이 시작된다. "밥 먹자. 모두 와요." 엄마가 말하면 가족들이 하나둘 식탁에 둘러앉는다. 게임이 시작됐다. 처음엔 음식 맛이 화두다. "음식이 왜 이렇게 짜?" 아빠가 말하면 나는 "밥이랑 같이 먹으면 정말 맛있는데?"라고 방어한다. "음식이 왜 이렇게 많아?" 아빠가 말하면, 동생이 "나는 한창 클 때라 많이 먹어. 이따가 또 먹을 거야"라고 방어한다. 뜨겁고 눅눅한 한여름의 새벽, 에어컨 없는 작은 부엌에서 요리하느라 땀으로 티가 흠뻑 젖은 엄마를 보면, 음식에 대한 어떤 부정적인 평가도 용납할 수 없다. 그게 설사 '합당한' 평가라고 해도 마찬가지. 가끔 말로 표현하지 않아도 아빠의 표정으로 부정적인 기류가 드러나는 경우가 있는데, 그럴 때면 우리 자매는 "아아, 진짜 맛있다. 엄마는 최고야. 엄마만큼 요리를 잘하는 사람이 정말 없더라고"라고 요란을 떨며 엄마의 눈치를 살핀다. 일단 눈치 게임 한 코스가 지나가고, 곧 다음 코스가 시작된다.

"너넨 요즘 뭐 하고 사냐?" 아빠가 물으면, "착실하게 살고 있어요" 너스레를 떠는 건 동생의 담당이다. 이 작전이 통하면 "이놈의 새끼가 아비를 놀리네"라며 껄껄 웃는 아빠의 목소리를 들을 수 있다. 하지만 작전이 통하지 않으면 "장난하냐. 제대로 대답 안 해?"라는 불호령이 떨어진다. 싱겁게 눈치 게임은 끝나버리고, 그때부터는 일방적인 듣기 시간이다. "너희 정신 똑바로 차리고 살아라. 세상이 니들 생각만큼 호락호락한 줄 아느냐. 헛꿈 꾸지 말고, 얼른 공무원이나 준비해." 15년 묵은 레퍼토리를 시작으로 본격적인 비교 대잔치가 이어진다. "내 친구 자식들은 전교 10등 안에서 경쟁한다는데, 너는 50등 안에 든 게 뭐가 자랑이라고 말하냐? 창피하다." 중학생 때 들었던 아빠의 말은 20대 후반이 된 지금까지 변함없다. "내 친구 딸은 스튜어디스 돼서 아비 차 한 대 뽑아줬다는데 너희는 뭐하냐. 쪽팔리지도 않냐?"

　눈치 게임의 규칙은 간단하다. 그날 아빠의 눈치를 미리 파악해서 가족 중 누구도 상처받지 않도록 미리 제동 걸기. 동생과 나는 밥을 먹을 때마다 남몰래 우리만의 눈치 게임을 시작했다. 그때마다 온 감각이 식탁을 둘러싼 가족들에게 활짝 열린다. 무엇보다 그 분위기의 주도권을 쥐고 있던 아빠에게로. 아빠는 오늘 어떤 말을 할까. 엄마는 가만히 있을까, 어떻게 화제를 돌릴까. 온갖 시나리오를 머릿속에 짜놓지만, 눈치 보는 사람이 아무리 준비를 잘해도 상대의 반응에 따라 속절없이 끝나고 마는 게 이 게임의 속성이다. 눈치 보는 사람과 보지 않는 사람의 차이는 시작부터 끝까지 공평하지 않다.

　궁금했다. 아빠는 왜 다른 가족의 눈치를 살피지 않았던 걸까. 상대와 상관없이 내키는 대로 행동할 권리는 어디에서부터 나오는 걸까. 소심하지 않은 대담한 성격에서? 남자는 단순해서? 충분히 설명되지 않는다.

　단서가 있다. 사전에서 '눈치'를 찾으면 여러 예시가 나온다. "남의 집에 몇 년 얹혀살았더니 느는 것은 눈치뿐이었다." 남의 집이 아닌 내 집이 있는 사람은 눈치를 볼 일이 없으니, 눈치가 늘 일이 없다. "뇌물을 바치는 데에도 눈치가 있어야 한다." 뇌물을 받는 사람과 뇌물을 바쳐야 하는 사람의 권력 차이는 분명하다. 함께 살고는 있지만, 내 집을 가진 가부장과 그 외 구성원의 차이가 될 수 있고, 자본가와 노동자의 차이가 될 수 있고, 소비자와 서비스 노동자의 차이가 될 수도 있다. 남자보다 상대를 배려하고 공감을 잘한다고 알려진 여성에 대한 고정관념에서도 같은 권력관계를 발견할 수 있다.

정희진은 "가부장적 남성의 특성은 폭력성이 아니라 게으름"이라고 말한다. 가사노동에서의 불성실함을 포함해 여러 형태의 게으름을 내포한 말이겠지만, 나는 그 말을 '상대의 눈치를 보지 않아도 되는 권리, 상대방과 상관없이 감정 내키는 대로 행동해도 되는 권리'라고 해석한다. 아빠의 행동은 '눈치 보지 않아도 되는 권력'에서 나오는 마땅한 행동이었을 뿐이다.

상대적으로 더 눈치를 봐야 하는 입장에 있다 보면 시선이 확장되기 마련이다. 잘 차려진 밥상 앞에서 바로 맛을 평가하기 전에, 재료를 사오고 손질하고 씻고 썰고 재우고 볶고 양념하고 찌고 설거지하는 누군가의 지난한 노동이 우선 눈에 보인다. 엄마의 땀에 젖은 티셔츠, 간 보며 음식을 준비하느라 미리 배가 불러 항상 나머지 가족이

먹는 모습을 지켜보던 모습, 가족들이 맛있게 먹는지 우리를 살피던 엄마의 얼굴이 겹쳐진다. 그래서 어떤 음식 앞에서든 감사한 마음이 들고, 그만큼 감사하다고 반복해서 말하게 된다. 누군가의 노동을 대하는 법을 진작 익히게 된 것이다.

눈치 보는 사람은 눈치 보는 사람을 알아본다. 지난 2016년 8월, 김포공항 청소노동자들의 증언이 사회에 들렸을 때, 회식 자리에서 "본부장의 혓바닥이 입에 쏙 들어왔다"는 50대 청소노동자의 증언에 "그런 일을 당하고도 어떻게 바로 그만두지 않을 수 있냐"는 몇몇 반응이 눈에 들어왔다. 노동 착취를 증언하는 노동자에게 으레 향하는 비난이다. 나는 그분들이 무기력하게 타협하고 있었다고 생각하지 않는다. 어떻게든 일자리를 유지하기 위해, 생존을 위해서 최선을 다해 분투했을 그녀들의 지난한 눈치 게임이 보인다.

오늘도 많은 식탁 앞에서 어떤 사람은 벌어지고 있는지도 모르고, 어떤 사람은 온 감각을 열어놓은 채 필사적으로 참가하는 눈치 게임이 시작될 것이다. 나는 오늘 누구의 눈치를 보고 있나. 내 눈치를 보는 사람은 누구일까. 그 기울어진 권력관계를 위해 내가 더 눈길을 열어야 할

곳은 어디인가. 지금 내 위치는 어디인가. 그것을 파악하는
것부터 시작해야 한다. 가까운 식탁에서부터.

## 폭력의
## 자리

몇 년 전 장애인종합복지관에서 실습할 때, 정기적으로 내담자의 집에 찾아가서 상담하는 '사례관리'를 하게 되었다. 그때 지적장애 2급의 A를 만났다. 당시 A는 20대 후반이었고, 초등학교에 다니는 자녀를 둘 기르고 있었다. 10년 넘게 먹은 우울증 약의 부작용으로 몸 상태가 안 좋아져서 매일 무기력하게 누운 채 하루를 보내고 있었다. 어색했던 첫 만남 이후 금세 마음을 연 A는, 두 번째 만남 만에 힘들었던 성장 과정과 지금의 어려움을 털어놓았다.

남편은 A보다 스무 살 이상 많은 환경미화원이었다. A는 남편이 매일 억지로 성관계를 하고, 심지어 아이들 앞에서 그럴 때도 있다며 제발 안 하게 해달라고 했다. 너무 싫다고, 당장 헤어지고 싶다고도 했다. 나는 어떻게 해결하면 좋을지 담당 사회복지사에게 물어봤고, 돌아오는 대답은 "A 씨가 괜히 그래. 그래도 성관계를 하긴 해야 할 텐데"라는 식의 피드백이 전부였다.

하루는 상담을 하는데 일찍 퇴근한 남편이 집으로 돌아왔다. 남편은 나를 보더니 제발 집사람을 고쳐달라고, 집사람이 자꾸 잠자리를 안 하려고 해서 자기가 너무 힘들다고 말했다. 어쩌다 보니 20대 중반이었던 내가 두 부부를 앞에 두고 잠자리 고충을 듣게 되었다. 나는 남편에게 "그래도 A 씨가 원하지 않는데 억지로 하면 더 상황이 안 좋아질 거 같아요. 특히 아이들 앞에서 하는 건 조심하셔야…"라고 말했는데, 말이 끝나기 무섭게 남편은 "그럼 내가 장애인 데리고 먹여 살리고 있는데 그깟 거 하나 못 해주나?"라며 화를 냈다. A는 "저 봐요. 저러다가 또 때리고 그러지"라고 말했고, 남편은 "네가 그러니까 때리지. 또 맞아야 정신 차리지 아주. 안 그러면 말을 안 들어요"라며 혀를 끌끌 찼다.

나는 어찌할 바를 몰라 안절부절못하다가 기껏 생각해서 남편에게 한 말이 A의 의견을 존중해서 일주일에 두 번으로 성관계를 줄이는 건 어떻냐고, 애무를 안 하고 바로 넣어 아파서 그럴 수도 있으니 충분히 애무를 해주시라고, 가까운 성인용품점에 가서 러브젤을 사보시라고 말했다. 그리고 아이들이 보지 않도록 방문을 꼭 걸어 잠그고 하셔야 한다고 말했다. A에게도 남편이 이렇게 원하는데 조금만 양보해서 서로 날짜를 정해서 그날만 하면 어떻겠냐고, 남편이 앞으로 애무도 하고 러브젤도 바르면 훨씬 나아질 거라고 타이르며 설득했다. 남편은 눈빛을 반짝이며 러브젤은 어디에서 파느냐고 물었고, 나는 약도까지 그리며 이곳에 가서 사시면 된다고 했다. 남편은 내 말이 만족스러웠는지 싱글벙글하며 밥을 먹고 가라고 했다. 괜찮다고 만류하고 집으로 돌아오는 길에 나는 멍해진 머릿속을 다잡아야 했다.

다음 수업 때에도 어김없이 지난 상담에 있었던 일을 적은 페이퍼를 교수님과 학생들 앞에서 발표했다. 교수님은 상담 분야에서 꽤 권위가 있는 여성 분이었다. 이번 상담의 문제점을 크게 지적받게 될 거라고 생각했는데, 예상과는 다르게 교수님과 학생들에게서 "잘 대처했다"는 피드백을 받았다. 아리송했지만 더는 생각하지 않기로 했다. 그렇게 몇 번의 방문 후 A와의 정기적 만남도 끝이 났다.

요즘도 A를 만났던 늦봄이 오거나, 가정폭력에 관한 기사를 접하는 등의 작은 계기가 생기면 불현듯 그날 오후로 돌아간다. 당시 내 눈앞에는 가정폭력·부부강간이 버젓이 일어나고 있었다. 하지만 나는 그것을 심각한 폭력이라고 인지하지 못했다. 인지하고 싶지 않았다. 모두가 괜찮다고 했으며, 나도 괜찮다고 믿고 싶었으니까. A는 지적장애 2급. 남편은 청소노동자. 초등학교에 다니는 어린 남매. "성관계를 거부하면 이혼 사유다"라는 말을 "가정폭력·부부강간은 안 된다"보다 먼저 배웠기 때문이었을까. 나 또한 남편의 철석같은 믿음대로 '그래도 힘들게 돈 벌어다가 A와 아이들을 거둬들이고 있으니 섹스 정도야 양보할 수 있지 않을까'라고 생각했다. 만약 A에게 남편이 없다면 A는 아이들도 못 보고 당장 오갈 곳 없는 처지가 된다는 생각. 맞고 살더라도 꼬박꼬박 돈 벌어오는 남편이 있는 가정이 A에겐 덜 위험한 곳이라는 생각. 그런 생각은 A가 지금 폭력에 노출되어 있으므로 남편과 분리시켜야 한다는 기준을 혼란스럽게 만들었다.

아빠에게 정서적 폭력에 시달리던 엄마에게 "당장 이혼하라"고 말해왔던 나는 이혼 후 엄마의 삶이 경제적 어려움과 외로움, 사회적 배제로 이혼 전보다 고통스러워지는 걸 간접적으로 경험했다. 엄마가 가족이라는 폭력을 벗어나도 또 다른 폭력의 굴레에서 자유롭지 못하다는 것을 느끼곤 무기력해졌다. 어떤 선택을 해도 폭력이 사라지지 않는다면 그나마 덜 폭력적인 상황을 선택하는 게 유일한 선택지라고 생각했다. 이러한 생각이 A에게 내가 타이르며 제안한 '그래도 가정 안에서 아이들을 보며 참고 살기'에 영향을 주었다는 것을 인정할 수밖에 없다.

어쩌면 사회복지사도, 교수님도, 학생들도 모두 그것을 느낌으로나마 알고 있었을지 모른다. 굴레를 직시하는 순간 무기력해지니까. A만 바뀌면 문제가 해결될 거라고 믿고 싶었을 것이다.

'데이트강간·부부강간'이라는 개념이 생기고 그것이 '폭력'이라는 문제의식을 전보다 더 명확하게 갖게 된 지금도 다시 그때로 돌아간다면 내가 어떻게 할지 확신이 서지 않는다. 지금의 난 A에게 다른 말을 할 수 있을까. 나와 함께 공부했던 학생들과 교수님, 사회복지사는 지금쯤 답을 찾았을까? 혹시 나와 같은 고민을 할까?

나는 그날 러브젤을 추천하고 남편에게 고맙다는 말을 들었지만, A의 표정과 반응은 잘 기억나지 않는다. 어쩌면 기억하고 싶지 않았던 건지 모른다.

## ○ 일상적인 폭력 속에서
살아가기                                              ○

초등학교 때 살았던 아파트에서는 매일 밤마다 여자의 비명 소리가 들렸다. 6층이었던 우리 집 위층 아주머니가 남편에게 맞으며 내는 비명이었다. 어느 날에는 낮에도 같은 소리가 들렸는데, 나는 그 소리가 어떤 공포 영화보다 무서웠다. 종종 6층, 우리 집에서도 비명 소리가 들렸다. 엄마의 소리였다.

비명이 메아리치던 아파트에서 독립하고, 방음이 되지 않는 자취방에서 2년간 살았던 적이 있다. 2층이었던 그 방에서도 나는 같은 소리를 들었다. 아래층 여자가 남자에게 맞는 소리였다. 새벽마다 살려달라고 애원하는 여자의 절규가 온 몸을 찔렀다. 그때마다 나는 내가 신고하는 줄 모르게 하려고 이불을 뒤집어쓰고 몰래 경찰에 신고했다. 네 달 사이 서른 번 넘게 경찰이 출동했다. 경찰은 현관문을 두드렸고, 남자는 별일 아니라며 죄송하다고 말했고, 여자는 침묵했다. 같은 패턴이 반복됐지만 남자는 한 번도 조사를 받으러 경찰서에 끌려가지 않았다. 되풀이되는 비명과 형식적 절차를 가까이에서 접하며 밤마다 이불 속에 갇힌 것처럼 숨이 턱턱 막혔다.

친구로부터 메시지를 받았다. "나 요즘 새벽마다 잠에서 깨는데, 그때마다 그날 밤이 떠올라. 무서워. 다시 상담을 받아야 할까." 친구는 6년 전 새벽, 자취방에서 성폭행을 당할 뻔했다. 현관문을 따고 들어온 남자는 칼로 친구를 위협했다. 친구는 자포자기한 상태로 차라리 자신을 죽이라고 말했다. 그런 친구의 모습에 당황했는지 남자는 황급히 현금과 핸드폰을 훔쳐서 달아났다고 한다. 그 뒤로 친구는 비슷한 인상착의의 남성을 보면 큰 불안감을 느꼈고, 오랜 시간 불면증에 시달렸다. 한동안 괜찮아졌나 싶었는데 여전히 힘들다고 말하는 친구에게 나는 어떤 말도 건네기가 어려웠다.

복도에서 사람의 발소리가 들리면 깊이 잠들었다가

도 깜짝 놀라서 깬다는 친구처럼, 나 역시 밖에서 나는 미세한 소리에도 민감하게 반응한다. 지금은 방음이 잘 되는 방에서 지내고 있어도 마음이 편하지 않다. 내가 듣거나 보지 못하는 이 순간에도 폭력이 존재하는 걸 알고 있기 때문이다. 또한 그것이 언제든 소리로, 장면으로, 감촉으로 나에게 흐를 수 있는 걸 알기 때문이기도 하다. 익숙한 폭력의 감각은 내 일상을 채운다.

SNS를 떠돌던 한 영상을 봤다. 여자가 남자에게 엘리베이터에서 무차별적으로 맞는 영상이었다. 남자가 엘리베이터에서 담배를 피자 아이와 함께 있던 여성이 항의했고, 남자는 다짜고짜 여자에게 주먹을 휘둘렀다. 잠깐 영상을 보다가 몸이 떨려서 스크롤을 내려버렸다. 생생한 공포와 무력감을 느꼈다. 얼얼해진 몸을 추스르다가 불쑥 분노가 올라왔다. 만약 엘리베이터에서 담배 피는 걸 제지한 사람이 남성이었다면 그 남자는 손쉽게 주먹을 휘두를 수 있었을까? 일면식 없는 사람을 때릴 수 있는 폭력은 언제나 공평하게 발휘되는 걸까? 남자가 담배를 핀다고, 혹은 자신이 담배 피우는 걸 제지했다고 주먹을 휘두르는 여성은 얼마나 될까.

생각해보니 이상하다. 나는 화도 많고 악착같은 기질이 있지만, 한번도 누군가와 몸싸움하며 때리는 걸 상상해본 적이 없다. 반면 맞는 걸 상상하는 건 익숙하다. 어릴 때부터 들어왔던 비명 소리, 누군가가 맞는 장면을 접할 때면 폭력을 가하는 사람이 아닌 당하는 사람의 입장에 나를 세웠다.

폭력이 발생하기 전에 미리 조심하고 사근사근해야 한다는 가르침은 내게 주어진 유일한 처방전이었다. "야, 서봐!"라며 치근덕대던 술 취한 남성에게 맞서지 못하고, 모르는 남자에게 갑자기 욕을 들어도 못 들은 척 피하고, '바바리맨'을 보면 도망치고, 함부로 내 몸을 침범하는 남성에게 더 화를 내지 못하고, 데이트폭력을 저질렀던 남자친구에게 더 따지지 못했던 것도 같은 이유였다. 내가 더 큰 폭력에 노출될 수 있다는 두려움은 오랫동안 나를 지배했다.

폭력성의 유무는 성별화된 자연스러운 차이일까? 남성뿐 아니라 인간 모두에게 폭력성은 분명 존재한다. 그렇다면 남성에게 유독 폭력이 권장되는 시스템의 문제라고 봐야 하는 걸까. 최근에는 여성이 평화의 상징이라는 기존의 틀을 깨고, 여성에게도 폭력성이 있으며 그것을 적절하게 끌어올려야 한다는 목소리도 들린다.

그렇지만 여전히 폭력을 논할 때 성별에 따라 적용하는 기준은 큰 차이를 보인다. '사근사근'하게 말하지 않으면 폭력적이라는 말을 듣고 칭찬을 '고분고분' 듣지 않아도 극단적인 페미니스트라고 불리는 현실에서, 나와 그들이 인식하는 폭력의 차이를 한동안 고민했다. 나의 폭력성은 어디까지 확장되고 발현되어야 할까.

여성학자 임옥희는 영화 〈매드맥스〉에 등장하는 여성들의 폭력성을 '대항폭력'이라고 말했다. "그녀들이 보여주는 폭력의 창조성은 폭력을 위한 폭력이 아니라 공존을 위한 것이다. 서로의 나약함과 그로 인한 고통과 슬픔을 나눌 수 있는 연민으로 인해, 그들은 폭력을 위한 폭력으로 끝 간 데까지 치닫지 않는다."

여성이라는 어느 한 성별이 '피해자'가 되는 게 자연스럽지 않다는 걸 보이기 위해서라도, 폭력을 위한 폭력이 아닌 공존을 위한 폭력은 필요하다. 어떤 존재도 예비 피해자여서는 안 되므로, 살아 있는 존재는 언제 어디서나 존중받아야 한다는 무거운 진리를 위해서라도.


요즘 나는 새벽마다 온 감각을 바깥의 소리에 집중하

는 대신, 내 안에 집중하며 노래를 만든다. 노래를 흥얼거리면서 나도 모르게 튀어나오는 말들이 있는데, 그 언어를 새롭게 발견하는 일이 흥미롭다. 두 번째로 만든 노래에는 이런 가사가 입혀졌다.

"고독이 찾아오는 새벽 나는 창가에 앉아. 거리를 비추는 화려한 불빛 속 사람들의 소리, 섣부른 희망 소리 나부끼는 이 거리에서 내 고독은 없네. 어디선가 들려오는 한 여자의 울음소리. 그녀의 울음이 사람들 함성에 가려졌네. 그녀의 울음소리를 들려주세요. 그녀의 울음소리를 돌려주세요. 그녀의 울음소리. 고독이 찾아오는 새벽, 나는 창가에 앉아. 눈물 맺힌 그녀를 바라보네. 창가에 비친 그녀를 바라보네. 그녀도 나를 바라봐."

성탄절, 거리에서 울리는 〈고요한 밤 거룩한 밤〉을 듣다가 떠오른 가사. 가사를 흥얼거리며 손으로 옮겨 적다가 문득 어느 밤들의 기억이 떠올랐다. 오늘도 그 방이, 몸이 무사한 고요한 밤이길.

## 이 시대의
## 사랑

꿈이 뭐냐고 물으면 그는 망설임 없이 "돈 많이 버는 사람"
이라고 답했다. 자수성가해서 여러 채의 건물을 소유한 부
모님을 닮고 싶다고 했다. "너희 부모님 때와 다르게 '노오
력'만으로도 안 되는 게 있어." 내 말에 그는 그런 말은 핑
계에 불과하다고 말했다. 그의 세계는 질서 정연하고 또렷
했다. 그는 원하는 상위권 학교에 들어갔고 경영학과에서
차곡차곡 스펙을 쌓았다. 1년 동안 편입을 준비하다가 떨
어지기도 했지만, 그는 그 시간을 청춘이니까 겪을 수 있
는 고비이자 도전으로 기념했다. 편입 실패를 제외하고는
많은 부분이 그의 노력만큼 이뤄졌다.

스물한 살 때 나는 그와 처음 만났고, 3년 동안 연애를 했다. 그는 노래와 시로 사랑을 고백할 줄 알았고, 음악과 음식을 곁들이며 분위기를 연출하는 법도 알았다. 나이가 들어서도 함께 해외여행을 즐기는 부모님이 롤모델이라며 영원한 사랑을 꿈꾼다고 말하곤 했다. 그를 통해서나는 타인과 가족 같은 관계가 된다는 게 어떤 건지 처음으로 느낄 수 있었다. 주위 사람들이 "애인으로 ○○만한 사람 없어. 내가 본 남자 중에 최고야"라고 말할 정도로 그는 대외적으로 검증된 로맨티스트였다.

하지만 그의 뚜렷한 세계는 종종 내 불확실한 세계와 충돌했다. 일찍부터 이혼하고 각자의 애인이 있었던 내 부모님의 관계는 그와 그의 부모님에게는 낯설고 위협적인 환경이었다. 그의 부모님은 내 '불우한' 가정환경을 두고두고 염려했다. 번듯한 그의 학벌과 대비된 내 고졸 검정고시 경험과 전문대 학벌도 이질적인 요소였다. 그는 나에게 어머니가 공무원을 좋아하니 준비해보면 어떻냐고 물었고, 나는 그의 안락한 세계에 편입하고 싶어서 그에 맞춰 준비하기도 했다.

함께한 3년 동안 그와 나의 세계는 서서히 벌어졌다. 사회복지를 전공했던 나는 점차 사회 부조리에 눈을 떠 촛불집회에 나가고 여러 진보단체에서 활동하며 소위 운동권이 되었고, 경영학을 전공했던 그는 '외국 기업의 투자와 경제 활성화를 위해서 노조를 탄압해야 한다'며 경영마인드를 깊이 새겼다. 한 공간에서 사랑을 속삭였지만 우리는 언제든 서로의 차이를 확인할 수 있었다. 그가 차린 맛있는 밥을 먹으며 당시 한참 인기 있던 예능을 볼 때였다. 여자가 남자의 고충을 알아야 한다며 군대를 체험하는 프로그램이 나왔다. 나는 방송 취지가 잘못됐다고 말했고, 그는 나에게 "그냥 좀 편하게 보면 안 돼?"라며 불편함을 드러냈다. 가끔 〈100분토론〉을 보는 날이면 밤새 대립각을 세우기도 했다.

그는 자신의 주변을 잘 챙겼다. 나에게도 "주위 사람을 사랑하라"고 말했다. 한번은 그의 앞에서 아빠 욕을 한 적이 있다. 여느 날과 다름없이 아침부터 아빠에게 욕을 듣고 오후에도 전화로 "미친년" "쌍년" 소리를 듣고 화가 났던 참이었다. 전화를 끊고 흘러나온 말, "아, 씨발." 나의 말에 그가 정색하며 물었다. "너 지금 뭐라고 했어?" 나는 아빠에게 오랫동안 언어폭력을 당해왔다고 털어놓았다. 그는 그래도 부모님에게 그렇게 욕을 하면 되냐며 당장 그 말을 취소하라고 나를 다그쳤다. 싫다고 하자, "너 진짜 실망이다"라며 휙 돌아서서 가버렸다. 당시에는 그가 좋은 사람이어서 내가 부모님을 미워하지 않도록 도와준다고 생각했기에 얼마 안 가 그에게 사과했다. 그는 나에게 "부모님에게 아무리 화나도 그러면 안 돼. 다 널 사랑해서 그러는 거야"라며 자식 된 도리를 말하곤 했다.

그렇지만 그가 말하는 사랑의 범위는 한정적이었다. 함께 길을 걷다가 일용직 건설 노동자들이 술을 마시고 지나가는 모습을 봤을 때 갑자기 그가 뱉은 말, "어휴, 일한 걸 술 먹느라 다 쓰고 생각 없이 사니까 저렇게 살지." 나는 발끈해서 따졌다. "그게 무슨 말이야? 네가 건설 노동을 해봤어? 일이 고되니까 술 한잔 먹을 수도 있지. 저분들은 술도 먹어선 안 돼?" 그날도 저녁 내내 다투며 데이트가 끝났다.

그는 몰랐다. 그가 손가락질하며 "저렇게 산다"고 비난했던 사람이 알코올중독이었던 우리 엄마일 수 있다는 걸, 엄마가 만났던 일용직 노동자인 아저씨일 수도 있고, 누군가에겐 소중한 사람일 수 있다는 걸 그는 몰랐다. 땀 흘려 정직하게 일하고, 고된 노동 강도 때문에 술을 먹으며 아픈 몸을 푸는 어떤 세계를 그는 몰랐다. 세상에는 같은 노력으로도 같은 결과를 얻지 못하는 사람이 훨씬 많다는 걸, 그의 부모님처럼 성실한 사람들의 가계가 하루아침에 무너질 수 있다는 사실을, 그건 의지만의 문제가 아니었다는 걸, 그의 집은 단지 그 무너짐을 살짝 비껴갔을 뿐이라는 걸 그는 몰랐다. 또 그는 몰랐다. 어떤 부모 자식 관계는 남보다 더 아프고 폭력적일 수 있다는 걸, 그런 아픔에 '마땅한 도리'를 들이대는 게 얼마나 섣부른 판단이고 폭력인지 그는 몰랐다.

그렇게 틈새가 걷잡을 수 없이 벌어져 더 이상 서로를 이해하지 못하게 됐을 무렵, 우리는 자연스럽게 이별했다. 만약 그와 함께였다면 나는 그의 확실한 세계에 편입되기 위해 이미 내가 목격하고 경험하고 알게 돼버린 복잡하고 불확실한 세계를 외면했을지도 모른다. 그는 자신의 가족을 사랑했고, 동료를 사랑했고, 애인을 사랑했다. 그 사랑은 안락하고 다정했지만 그의 눈길이 미치는 범위까지만 닿았기에 나는 고독했다. 내 세계는 이미 그의 눈이 닿지 않고 상상력이 닿지 않는 곳까지 걸쳐 있었으므로.

자신이 모르는 세계를 외면하는 게 얼마나 손쉬운 일인지, 복잡다단한 세계에서 '마땅한 도덕'과 '개인의 노력'을 들이미는 게 얼마나 폭력적인 일인지 지금쯤 그는 알게 되었을까. 사랑이 내 세계를 깨고 상대의 세계를 기꺼이 맞이하는 일이라면, 그 시절 그와 나는 사랑했다고 할 수 있을까. "너당신그대, 행복 / 너, 당신, 그대, 사랑" 그의 사랑에는 '너, 당신, 그대, 사랑'이 있었지만, '나'는 없었다.

> 나를 안다고 말하지 말라.
>
> 나는너를모른다 나는너를모른다
>
> 너당신그대, 행복
>
> 너, 당신, 그대, 사랑
>
> 내가 살아 있다는 것,
>
> 그것은 영원한 루머에 지나지 않는다.
>
> — 최승자, 〈일찌기 나는〉 중에서

그의 사랑은 안락하고 다정했지만
그의 눈길이 미치는 범위까지만
닿았기에 나는 고독했다.
내 세계는 이미 그의 눈이 닿지 않고,
그의 상상력이 닿지 않는 곳까지
걸쳐 있었으므로.

'메갈리아'의 폭력성에 대한 격한 반응을 보면, 몇 년 전
〈미녀들의 수다〉에서 한 여성이 남자 키를 언급했던 게 사
회적으로 이슈가 되었던 일이 떠오른다. "남자 키가 180이
안 되면 루저"라는 말에 많은 남성이 분노했고, 심지어 몇
년이 지난 지금까지도 '루저녀의 근황'이라며 그녀는 조롱
거리가 되고 있다. 당시 나는 진보적 남자 교수에게 "남자
들은 훨씬 오래전부터 지금까지 개그 프로그램이든 어디
서든 못생기고 뚱뚱하고 나이 든 여자는 인간도 아닌 취급
을 해오며 비웃지 않았나요?"라고 말했다. 그는 그래도 그
렇게 대놓고 혐오하면 안 된다며 내가 생각하는 것과 다른

'폭력'에 집중했다. 그 일이 있은 뒤로도 예능과 각종 텔레비전 프로그램에서 여성을 향한 외모 품평과 고나리질은 계속 되고 있다.

일상에서도 마찬가지다. 여전히 뉴스에서는 남성에 의한 여성 살인·폭력 사건이 터져 나오고, 공공연한 시선 강간과 무례한 발언, 젠더와 섹슈얼리티에 대한 이중 잣대가 오가지만, 사람들은 마치 이 문제는 모두 백지가 된 듯 '그래도 여성이 폭력을 가하면 안 되지'의 태도로 일관한다. 궁금하다. 그들은 왜 어떤 '의외의 폭력'은 그토록 경계하면서 일상적 폭력은 가볍게 여기고 있는 걸까. 그 의외의 폭력이 우리 모두가 가담한 일상적 폭력에서 파생됐다고 말해도, 왜 시선은 전자로만 향하는 걸까.

이처럼 폭력에 대한 선별적 반응은 다시 나와 주위 사람들을 두려움과 분노에 떨게 하고 있다. 대학생인 A는 메갈리아 페이스북 페이지 게시물에 '좋아요'를 누른다는 이유로 남자 동기들에게 따돌림을 당하고 있다. B는 같은 방을 쓰는 기숙사 언니들에게서 "메갈리아나 페미니즘 하는 애들은 너무 이기적이고 자기밖에 몰라"라는 험담을 들었다고 한다. B는 자기 책상에 페미니즘 책이 있는데, 언니들이 그걸 알고 그러는 건지 걱정이 된다고 했다. 페미니즘이나 메갈리아를 하나의 덩어리로 보는 것부터 IS나 나치보다 위험하다고 생각하는 반응이 이해되지 않았지만, 그 이후로도 비슷한 사례를 계속 접했다. C는 자신이 소중하게 생각하는 교수님으로부터 메갈리아를 멀리하라는 말을 들었다며 고민된다고 메시지를 보냈고, D는 남동생으로부터 "메갈리아는 진정한 페미니즘이 아니니까 누나는 페미니즘 공부 좀 해"라는 말을 들었다고.

여러 사건과 사람들의 반응에 화가 나서 카카오톡 프로필을 "Girls do not need a prince"로 바꿨다. 이 문구가 그렇게 불편하다면 차라리 나를 먼저 멀리해달라는 심정에서 그랬다. 프로필을 바꾸고 얼마 안 돼서 남자인 오랜 친구에게서 카카오톡 메시지가 왔다. 메갈리아 티셔츠에 관해 물어볼 것이 있다고. 친구는 메갈리아의 폭력성이 염려스럽다며, 페미니즘을 공부하니까 너도 불편한 게 있을 것 아니냐고 물었다. 나는 메갈리아가 뭘 했는지 물었고, 친구는 딱 봐도 〈나무위키〉를 습득하고 띄엄띄엄 편집한 사건들을 나열하며 이런 폭력은 부당하다고 말했다. 실제로 자기도 잘 몰라서 몇 가지 자료를 보고 생각한 것이며, 그래서 양쪽의 이야기를 들어야 판단을 내릴 수 있을 것 같아서 나에게 묻는다고 덧붙였다. 나는 친구에게 "나도 어느 부분에서 반성은 필요하다고 느끼지만 이 정도까지 염려하고 공격할 일은 아니라고 생각해. 나는 네가 단편적으로 사안을 해석할 게 아니라 조금 더 시간을 내서 깊이 공부하고 알아가면 좋겠어. 안 그러면 이번 사안에 대한 판단도 결국 기울어진 정보와 관념을 기반으로 할 수밖에 없으니까"라고 말하고 책 몇 권과 좋은 칼럼을 소개해줬다. 다행히 친구는 자신이 조금 더 공부하고 알아가겠다는 태도를 보였다(그래서 몇 안 되는 남자인 친구 중 한 명이다).

생각해보니 친구는 내가 발화하는 방식이 남자를 대놓고 비난하는 게 아니라서 내가 메갈리아와 다른 페미니즘을 지향한다고 생각하고, 이 사태를 어떻게 보는지 묻고 싶었던 것 같다. 비슷하게 최근에 페이스북에 올린 내 글을 공유한 몇몇 사람들이 "이런 게 진정한 페미니즘"이라는 코멘트를 단 걸 목격했다.

글을 통해 '굳이' 폭력적인 표현을 하지 않을 뿐이지, 현실에서 나는 사람들이 그토록 경악하는 발언보다 훨씬 더한 생각을 한다. 서른 해를 넘긴 세상살이를 통해 대다수 남성에게는 희망이 없다고 여기게 된 '한남(한국 남자)' 비관론자이며, 남성 없는 미래와 동시에 여성 공동체를 꿈꾸며 살아가는 '선별적 코뮤니스트'이다. 화합은 마음 맞는 여성(명예남성 제외, 자아 성찰이 가능하고 부끄러움을 알고 부지런한 소수의 남성)과 함께 하고 싶고, 배울 자세나 성찰할 의지가 없는 진보 마초를 굳이 설득하고 알려주면서 함께 가고 싶지 않은 폐쇄적인 사람이다. 지금 나는 서로 존중하는 사람들과 어울리며 살아가는 것만으로도 하루하루가 벅차니까.

이렇게 생각하는 나는 '진정한 페미니스트'가 아닌 걸까. 페미니즘은 단 하나 혹은 메갈리아와 메갈리아 아닌 것으로 나뉘지 않는다. 한 사람의 정체성도 페미니스트 혹은 메갈리안으로만 정의되는 게 아니다. 따라서 쉽게 "너는 진정한 페미니즘을 하고 있구나"라고 말할 수 없다. 각자의 삶을 자유롭게 하는 개개인의 페미니즘이 있으며, 페미니스트'들'은 사안에 따라 협력하거나 투쟁하며 그 속에서 끊임없이 자정하며 살아가는 것뿐이다. 페미니스트가 세상의 구원자이거나 천사이거나 모든 것을 아우르는 존재는 아니니까.

진정한 페미니즘은 없다. 나는 누군가 허락하는 진정한 페미니스트가 될 생각이 없다. 이것은 나도 모르게 가하는 폭력을 성찰하지 않겠다는 것과는 다른 의미의 거부이다. 나는 내 존재 자체로 자유로워지고 싶고, 소중한 사람들이 함께 자유롭길 바랄 뿐이다.

추신. 혹시 진정한 페미니즘이 있다고 믿는다면 스스로가 진정한 페미니스트의 모델이 되어주길 바란다.

《한겨레21》에서 낙태와 관련된 인터뷰를 했다. 기사가 나
오고 확인해보니, 나에게 붙은 이름표는 '낙태 커밍아웃 홍
승은'이었다. 낙태 경험을 드러내는 일은 '커밍아웃'이라는
표현을 쓸 만큼 금기를 건드리는 일이었다. 내 인터뷰를
읽은 주위 사람들은, 한국사회는 아직 보수적인데 네가 걱
정된다, 라며 메시지를 보냈다. 글에는 "피임도 제대로 안
하고 즐기기만 하겠다는 것이냐, 책임감 없는 문란한 여
자, 살인자, 낙태충"과 같은 댓글이 줄줄이 달렸다. 한국사
회에서 낙태는 불법이다. '낙태'라는 언어도 '태아를 떨어
뜨려 죽인다'는 뜻으로, 이미 임신중절에 대한 낙인을 담고

있다.

이렇게 낙태에 대한 언어적·법적·사회적 낙인과 다르게, 내 삶에서 낙태는 친숙한 문제였다. 내가 초등학교 5학년 때, 엄마는 임신중절수술을 했다. 엄마는 나와 동생을 낳고도 세 번 임신했고, 세 번 수술했다. 두 번째 임신중절수술을 받은 날, 참다못한 엄마가 루프 시술을 받았는데 그런데도 임신이 됐다고 했다. 엄마에게 물어봤다. 수술받는 게 두렵지 않았냐고. 엄마는 수술보다 두려웠던 건 성관계라고 말했다. 한 번 잔 남자에게 무조건 시집가야 한다는 부모님의 말씀을 따라 스무 살에 아빠와 결혼했던 엄마는 결혼 후에도 성애에 무지했다. 그런 엄마에게 섹스는 임신과 직결되는 문제였다.

엄마처럼 나도 섹스에 대한 무지와 죄책감을 학습받으며 자랐다. 순결에 대한 압박과 남자친구의 요구 사이에서 강간과 구분되지 않는 첫 섹스를 했다. "콘돔은?"이라고 묻지 못한 건 당시의 나에겐 당연한 모습이었다. 이후 임신이 걱정돼서 콘돔을 요구하고 경구피임약도 복용했지만, 한 달에 한 번씩 생리 주기가 돌아오면 혹시나 하는 마음에 불안한 시간을 보냈다. 몇 년 전 나는 원치 않는 임신을 했고, 임신중절수술을 받았다. 수술이 불법이었기에 수

소문해서 허름한 산부인과를 찾았다. 수술 후 하혈과 복통으로 고생하는 나에게 남자친구가 미역국을 끓여주었는데, 한 숟가락을 뜨자마자 눈물이 흘렀다. 섹스는 함께였지만 임신과 수술, 몸조리, 사회의 시선은 모두 내가 감내해야 했다.

그 이후 내 동생도 임신중절수술을 받았다. 동생의 남자친구는 자신의 학업에 방해가 된다는 이유로 수술 후 2주일 만에 잠적했다. 나와 동생이 이 문제를 공론화하겠다고 하자, 유명한 페미니스트였던 그의 엄마는 "큰일을 할 아이들이 사소한 문제로 앞길을 망치면 안 된다"며 덮으라고 했다. 동생의 남자친구는 자신의 엄마 곁에서 상황을 묵묵히 지켜볼 뿐이었다. 그 일이 있고 난 뒤 동생은 한 달 만에 살이 10킬로그램 빠졌다. 임신은 함께 했지만 동생의 몸만 불법이 되었다.

나, 내 동생, 내 엄마, 내 주위 사람들의 임신중절 경험에는 공통점이 있었다. 임신중절수술 그 자체보다 힘든건, 주위 사람들의 시선에서 오는 모멸감과 임신 후 겪게되는 깊은 고립감이라는 점이었다. 지금도 동생을 향하는 '살인마·낙태충'이라는 비난은 잠적했던 남자친구에게는 향하지 않는다. 오히려 그는 아무 일 없는 듯, 대학원에서 학업을 이어가고 있다. 그는 동생에게 미안해서 힘들다고 말했지만, 몇 달이 지나도록 생리 불규칙과 배신감에 잠 못 드는 동생의 아픔에 비할 수 없다.

성인 여성 열 명 가운데 한 명이 임신중절수술 경험이 있다고 한다. 나 역시 경험하고 목격했듯 임신중절수술은 이미 많은 여성의 삶에 걸쳐 있다. 그럼에도 실재하는 여성의 몸은 지워지고, 그 자리에 몸에 대한 찬반 논쟁이 붙는다. 논쟁의 중심에는 섹슈얼리티에 대한 금기가 있다. 비난이 향하는 곳은 여성의 몸이다. '순결하지 못한 여성의 몸'은 '걸레·창녀'라는 수식으로 비난받아 왔다. 기혼의 낙태 수술 비율이 50퍼센트 이상이지만, 낙태 이슈를 접하는 사람들은 대부분 미혼의 문란한 여성을 생각한다.

미혼모, 임신중절수술, 영·유아 유기 사건과 같이 여성의 섹슈얼리티와 재생산과 관련된 이슈에서 상대 남성은 손쉽게 지워진다. 심지어 현행 낙태죄에서는 수술한 의사와 여성만 처벌을 받는다. 그래서 낙태죄 폐지를 외치는 '검은 시위'에서는 이런 호소까지 나온다. "임신은 여자 혼자 하는가?" 당연히 아니므로 무슨 소리냐고 콧방귀 뀔 말이지만, 여전히 절실하게 물을 수밖에 없는 질문이다. 임신은 여성 혼자 하는가? 왜 모든 책임과 비난을 여성에게 떠넘기는가?

낙태는 '그녀'의 책임인가? 한 여성의 임신은 섹스만이 아닌, 수많은 사회적 요건(성교육 부재, 섹슈얼리티에 대한 이중 잣대, 강간문화 등)과 연결되어 있다. 마찬가지로 임신 후 여성의 선택도 사회적 여건과 밀접하게 연결된다. 열악한 비혼모 지원, 사회적 편견, 여성 노동의 빈곤화와 보육제도, 교육제도의 위기와 같이 복잡다단한 현실이 교차되어 있다. 하지만 현실의 복잡함은 '선택'이라는 한 단어로 뭉개진다.

아이러니하게도 낙태 이슈에서 남성이 드러나는 순간은 하나다. '남성' 정부 부처와 의사가 함께 여성의 몸에서 일어나는 일을 범죄로 만드는 공모의 현장. 2016년 10월 보건복지부와 산부인과 의사들은 여성의 몸을 두고 줄다리기를 했다. 보건복지부가 '임신중절수술을 한 경우'를 '비도덕적 진료 행위'라며 산부인과 의사 처벌을 강화하겠다는 입법을 예고하자, 산부인과 의사들은 그렇다면 어떤 경우의 임신중절수술도 하지 않겠다며 여성의 몸을 볼모로 삼았다. 그들의 논쟁 속에 당사자인 여성은 없었다. 이 일은 낙태죄 폐지를 요구하는 '검은 시위'를 촉발시켰다.

"내 자궁은 내 것이다" 검은 시위의 대표적 구호이다.

정희진의 말처럼 내 몸은 내 것이 아니라, 내 몸이 바로 나다. 섹슈얼리티에서부터 임신·출산·인공임신중절의 과정까지, 자기의 몸에서 소외당해왔던 존재가 몸의 주인이 되는 과정이 검은 시위의 본질이다. 그 과정은 슬픔과 분노가 뒤섞인 증언으로 터져 나온다. 검은 옷을 입고 그간의 몸과 사회와 언어로부터의 소외, 그 오랜 죽음을 애도한다. 애도로 연대하고 권리를 외친다. 광장에 모인 여성들은 여전히 조심스러워하며 노출될까 마스크를 쓰기도 하지만, 더듬더듬 자신을 말하고 있다.

한 개그맨이 말했다. "남자들은 생각하고, 말하고, 설치는 여자를 싫어한다"고. 그의 발화는 오랫동안 여성들을 사적인 존재로만 위치시켰던 권력에서 비롯됐다. 이제 우리는 내 호흡, 내 목소리, 내 자궁, 내 몸으로 말한다. "내 몸이 바로 나다. 나는 불법이 아니다."

## ○ 모른다고
## 말할 용기 ○

아침마다 하는 다짐, 아는 척하지 말고 모르는 건 모른다고 말하자. 페미니즘 활동으로 카페가 알려지면서 여러 곳에서 인터뷰와 강연 요청이 들어왔다. 강남역 여성 살인사건, 넥슨 성우 해고, 노브라 캠페인, 메갈리아에 대한 평가에 이어 페미니즘의 미래까지. 불과 몇 달 사이에 각종 이슈와 담론에 대한 페미니즘적인 답을 요구받았다. 아무리 아는 것만 말하자고 다짐해도 막상 카메라와 마이크, 사람들의 시선이 향하면 자꾸 다짐을 잊는다. 당시에는 어떤 사명감(잘 이야기해서 페미니즘 확산에 도움이 되어야 한다는)까지 생겨서 있는 지식 없는 지식을 다 끌어모아서 답하려고 분투하게 된다. 몇 달을 그렇게 지내다가 최근에서야 잘 모르는 문제를 아는 척하지 말아야겠다는 다짐을 했다. 그 뒤로 내 경험을 위주로 말하는 자리가 아니면 발언 자리를 고사하고 있다.

수업 시간에 손을 들고 모르는 걸 물어보기가 어려운 만큼, 강단에 섰을 때 자신이 모르는 걸 솔직하게 밝히기도 어렵다. 내 기억에 자신이 모르는 걸 모른다고 말해준 선생님은 손에 꼽을 정도로 적었다. 어쩌면 가장 불확실한 언어인 시詩조차 확실한 언어로 가르침을 받았으니, 다른 부분은 말할 것도 없었다. 모든 것에 정답이 있다고 전제된 사회에서 모호하고 불확실한 대답은 '오답'이 된다. 현실은 뚜렷하게 선과 악의 이분법으로 구분되지 않고 복잡다단하지만, 보물찾기처럼 정답을 찾으려는 문화는 일상에 깊이 스며들어 있다. 카페에서 독서 모임을 진행할 때에도 책을 읽고 느낌을 공유하기보다는 논쟁을 통해 누구의 주장이 '정답'인지 겨루려는 분위기로 흐를 때가 많다. 페미니즘을 공부하고 싶다면서 최근 이슈를 명쾌하게 설명할 만한 '페미니즘적 해답'을 찾으려는 사람들도 있다. 종종 듣는 질문, "메갈리아는 페미니즘인가요?" "꾸미는 걸 좋아하는 나는 페미니스트가 아닌가요?" 질문 속에는

'진정한 페미니즘'의 답을 알고 싶은 욕망이 내재한다.

단 하나의 답을 찾으려는 태도도 위험하지만 자신이 찾은 답을 '잠정적 진리'가 아닌 '절대적 진리'로 여기는 태도 역시 경계해야 한다. 여성학자 전희경은 남녀의 글쓰기 스타일의 차이를 말했다. 여학생들은 "나는"으로 시작해서 자신의 경험을 서술하는 반면, 남학생들은 "필자는"을 주어로 전지적 시점에서 상황을 '객관적'으로 서술하는 글을 쓰는 경향이 있다고. 스스로 객관적이라고 믿을수록 자신이 틀릴 수 있다는 걸 염두에 둘 가능성은 적다.

남성보다는 여성이 절대적 답을 찾으려는 욕망과 한 발자국 떨어져 있는 것 같지만, 그렇다고 모든 여성·페미니스트가, 그리고 나조차 항상 모름을 인정하는 태도를 갖추고 있는 건 아니다. 여성들 내부에서 인종·계급·섹슈얼리티 등의 범주가 얽히고설킨 '교차성'이 존재한다는 것을 알고 있는 페미니스트들은 많지만, 퀴어활동가 루인의 지적처럼 그것을 마치 덧붙이듯 이해하는 사람들도 많다.

가령 '흑인 레즈비언 여성'의 문제를 떠올리면 많은 사람이 쉽게 '젠더 차별, 인종 차별, 호모포비아'와 같은 각 차별의 '더하기'로 문제를 생각한다. 《흑인 페미니즘 사상》의 저자인 패트리샤 힐 콜린스는 그 부분을 지적한다.

"1960년대 중산층 백인 여성이 집에서 나와 일자리를 갖는 것이 '해방'이었다면, 흑인 여성은 일자리를 포기하고 집에서 아이를 양육하는 것이 저항 행위였다. 즉, 모든 '여성'은 동일한 젠더를 경험하지 않는다." 자신들이 경험해 보지 못한 흑인 레즈비언 여성의 삶을 페미니스트들조차 '더하기'라는 간편한 답으로 설명한 후, 다 아는 것처럼 느껴버린다는 것이다. 성매매 여성이 모든 여성의 인권을 떨어뜨린다는 말, 남성에서 여성으로 전환한 트랜스젠더에게 왜 굳이 여성성을 재현하려고 하느냐는 비난, 제3세계 국가의 히잡에 대해 백인 중산층 여성들이 전체 여성 인권을 운운하며 비판했던 것과도 모두 연결되어 있다.

"페미니스트라고 모든 걸 아는 건 아니잖아요. 저는 잘 몰라요. 특히 저와 여러분의 세대가 직면한 차이에 대해서는 더욱 그래요. 우리가 서로의 경험을 초월하고 온전히 알 수 있을까? 회의감도 들어요. 그래도 여러분의 이야기를 듣고 싶어서 왔어요." 지난여름, 카페에서 열린 《젠더 감정 정치》 출판기념회에서 여성학자 임옥희 교수께서 하신 첫 마디였다. 수십 년 페미니즘을 공부하고도 "잘 모르겠다"고 말하는 자세는 괜한 겸손이 아니라 정답에 가까워지려는 노력 같았다. 페미니즘을 공부했기 때문에 그렇게 말할 수 있는 것도 같다. 사이다 발언으로 유명한 철학자 강신주가 "페미니즘은 수준이 떨어진다"고 확신했던 자세와 대비된다. 모든 것을 하나로 설명하는 '단순화하기'의 유혹을 뿌리치고 끊임없이 복잡한 것을 이해하고 이야기하려는 시도는 어렵더라도 꼭 필요하다.

나는 내가 경험하고 겪은 부분에 한해서만 잘 느끼고 알 수 있을 뿐이고, 다른 상황은 분명 모를 수 있다는 걸 인정해야 한다. 내 입장에서는 마땅히 그래야 하는 일이 누군가에게는 마땅히 그렇기 어려운 상황일 수 있다.

확신하려는 유혹 대신 불확실한 것을 받아들이기. 강단에 설 때, 마이크와 카메라 앞에서도 내가 모르는 걸 인정할 수 있는 용기 갖기. '알 것 같은 느낌'에 속지 않는 부지런함도 함께.

모든 것에 정답이 있다고
전제된 사회에서
모호하고 불확실한 대답은
'오답'이 된다. 현실은 뚜렷하게
선과 악의 이분법으로 구분되지 않고
복잡다단한데도.

## 손가락이
## 향해야 할 곳

'강남역 여성 살인사건' 이후 여론의 반응을 보면, 얼마 전 후배와 나눴던 대화가 떠오른다. 〈그것이 알고 싶다〉 데이트폭력 편을 보면서 "뭐 저런 개새끼가 다 있어"라며 욕하는 아빠의 모습이 낯설었다는 후배는, 아빠가 가정폭력 가해자였음에도 태연하게 '텔레비전 속 나쁜 놈'을 욕하는 모습이 이상했다고 한다. 우리 집도 그랬다. 아빠는 텔레비전에 나오는 자극적인 서사에 분노하며 욕했지만, 자신이 저질렀던 폭력은 반성하지 않았다.

일본군 위안부 문제에 대한 사람들의 반응도 그랬다. 아무렇지 않게 리벤지 포르노°를 보며 자위하면서, "일본에 복수하기 위해서 일본 여자를 강간하자"고 외치는 모습. 이러한 일상적 폭력이 위안부 문제의 본질이 될 수 있다는 걸 인정하는 사람은 많지 않았다. 언제나 나쁜 놈을 손가락질하며 거리두기 하는 것만큼 편안한 비판은 없었다. 외설적이고 자극적인 사건 속에서 '나쁜 놈'은 추악한 괴물로 그려지지만, 현실 속 그들은 평범한 얼굴을 하고 있다. 게다가 대부분 아는 사람의 얼굴을 하고 있다. 가장 빈번한 폭력과 착취는 일상 속에 존재한다는 게일 루빈의 지적은 정확하다.

강남역 여성 살인사건은 '불쌍하고 재수 없는 한 여자'와 '정신이상자 사이코패스 남자'의 이야기가 아니다. 많은 여성이 일상처럼 겪는 서사다. 나는 중학교 3학년 때 동네 노래방 남녀공용 화장실에서 성추행을 당했다. 술에 취한 20대 중반의 남자는 막무가내로 나를 남자 칸에 밀어 넣더니 흉기로 위협하며 입을 맞추고 몸을 더듬었다. 옆 칸에 친구가 없었다면 나는 그날 강간당하거나 살해됐을지 모른다. 그 외에도 모두 기억하기 어려울 정도로 '여

○ 당사자의 동의나 인지 없이 배포되는 포르노 사진 또는 영상. '리벤지 포르노'라는 이름은 관계를 파기한 교제 대상을 모욕하거나 위협, 즉 복수(리벤지)하기 위해 영상을 유포한다는 이유에서 붙여졌다.

자여서 당할 수 있는 폭력'에 노출된 일은 많았다. 버스에서 내 엉덩이에 자신의 성기를 문지르던 아저씨, 술집에서 갑작스럽게 다가와서 몸을 만지던 옆 테이블 남자, 집으로 돌아가는 길에 계속 쫓아오던 남자, 하굣길 차 안에서 바지를 내리고 여학생들을 보며 자위하던 아저씨, 대학 도서관 쪽에서 속옷을 내려 성기를 보여줬던 젊은 남자. 자취방에 몰래 쫓아온 남자 때문에 한 달간 집에 못 들어간 친구의 이야기. 소개팅에 나갔다가 상대가 주는 술을 마시고 정신을 잃었는데 눈 떠보니 모텔이었다며 자신을 질책하던 친구. 자취방 문이 열린 틈을 타서 들어온 남자에게 강간당할 뻔 했던 친구는 그 뒤로 모자를 쓰고 뿔테 안경을 낀 남자만 보면 기겁을 하고, 문을 삼중사중으로 잠그고도 불안해한다.

무수한 이야기 속 그들은 모두 정신병자였을까? 그렇지 않다. 술 먹고 나를 억지로 모텔로 끌고 가려고 했던 아는 후배는 평소 사람들에게 신뢰받는 인물이었다. 집에 데려다주겠다며 내 몸을 만지려 했던 남자는 한때는 내가 존경했던 '어른'이었다. 헤어지자는 말을 듣고 다짜고짜 집으로 찾아와서 나를 추행했던 전 남자친구는 함께 사회운동을 했던 사람이었다. 여자친구를 낙태시키곤 "여자가 너무 정신병자같이 히스테리를 부려서 힘들게 했다"며 수술 후 2주 만에 잠적했던 남자 후배는 페미니즘을 공부한 사람이었다.

대체 그들은 왜 그러는 걸까? 내가 최근 내린 답은 이렇다. 그래도 되니까. 그렇게 행동해도 되니까. 그래서 자신도 모르는 사이 폭력을 저지르곤, 쉽게 잊고 산다. 가해자는 자신이 한 일을 몰라도 되는 입장이다. 그래서 항상 피해자가 폭력을 증언해야 한다. 언제든 피해자가 될 수 있는 사람들이 목소리를 내야 한다. 하지만 우리 사회는 피해자의 목소리를 온전히 들을 준비가 전혀 되지 않았다. 특히 남녀 구도의 폭력 사건이 있을 때면 대다수 사람은 개인적인 일을 일반화하지 말라고 한다. "여자가 그럴 만 했겠지." "그러게 왜 그런 놈을 만나서. 남자 보는 눈이 그러니…." "여자가 처신을 잘 했어야지." 이러한 시선은 매일같이 반복되는 젠더 폭력을 여전히 사적인 일로만 치부하게끔 한다.

공저자로 참여한 책《소녀들》의 원고를 마무리하며, 2008년 기억할 만한 두 가지 사건을 더듬고 있다. "다시 2008년을 돌아보았다. '촛불소녀'가 여성 정치 참여의 아이콘으로 등장하고, 광장에 '민주주의'와 '정의'의 외침이 가득했던 그해 12월, 민주노총에서는 성폭력 사건이 일어났다. 그리고 성폭력 이후 민주노총·전교조의 조직적인 은폐로 또 다른 폭력이 벌어졌다. 대다수 언론과 운동 세력이 침묵하는 동안 사건을 조명하고 해결하고자 했던 여성들의 정치적 행동은 크게 주목받지 못했다. 그저 "해일이 오는데 조개를 줍는"° 것처럼 사소한 성폭력 사건으로 치부되었을 뿐이다.

같은 해, 촛불의 물결 속에 동생과 내가 있었다. 광장을 벗어나 사회운동을 시작하고, 오랫동안 가부장적 운동 문화에 불편함을 느꼈던 최근까지도 언론에서 '○○녀'로 호명되며 '그'들이 말하는 대의를 위해 스스로를 억눌러야 했던 우리였다. 이러한 진통을 모두 겪고 나면 비로소 우리에게 맞는 옷을 입게 될까. 투쟁심을 시험받지 않아도 되고, 불편함을 허락받지 않아도 되고, 내 목소리를 검열하지 않아도 되는 자리. 우리는 이제야 남들이 규정한 징표에서 벗어나 더듬거리며 우리 몫의 좌표를 찾고 있다."

° 2002년 대선 기간에 개혁국민정당 내에서 성폭행 사건이 발생하자, 당시 당 집행위원이었던 유시민이 문제 제기한 사람들을 향해 "해일이 일고 있는데 조개 줍고 있다"라며 비판한 적이 있다.

지금도 광장과 가정·사회 곳곳에서 간편한 비판이 나부낀다. 당장 내 손가락이 향하는 곳을 보자. 가장 먼저 향해야 할 곳을 놓치고 있는 건 아닌지.

○ 우리는 동등한 인간으로
만날 수 있을까                                      ○

술자리에서 처음 본 남자와 다투었다. 서로 몇 마디가 오
갔을 때 그가 내게 불쑥 건넨 말, "그쪽 무척 요부일 것 같
아요." 당황한 내가 그 발언을 사과하라고 요구하자 그는
맥락에 따라서 매력적이라는 말이 될 수도 있는데 왜 그렇
게 정색하느냐며 오히려 나를 나무랐다. 그 뒤로 그는 내
가 하는 말마다, 그건 네가 잘 몰라서 하는 말이야, 라며 꼬
투리를 잡았다. 그래도 내가 굴하지 않고 그의 잘못된 행
동을 지적하자 갑자기 그가 한숨을 푹 쉬며 나를 노려보더
니 자리에서 벌떡 일어나 밖으로 나가버렸다. 남은 사람들
은 순식간에 고요해졌다. 어색해진 분위기를 깨고 내가 말

했다. "원래 저렇게 무례하고 제대로 의사소통을 못 하는 분인가요?"

그와 대화하면서 느꼈던 건, 그가 이런 상황에 익숙하지 않아보였다는 점이다. 그는 여태껏 자신의 말에 반박하는 여성을 별로 만나보지 못한 것 같았다. 사소한 단서지만 욱하기 전에 그는 꽤 점잖은 인상에 세련된 말투를 보였다. 자신이 똑똑하고 논리적인 편이어서 여자들에게 인기 있다는 말도 했었다. 어쩌면 언제나 자신이 옳다고 믿어왔을 그에게 사소한 말에 정색하는 나는 낯설고 당황스러운 존재였을지 모른다. 당황한 그는 사과 대신 분노를 선택했다. 자기의 '의도'를 설득하며 내 반응이 얼마나 감정적이며 비합리적인지 설명하기 위해 애쓰는 그를 보면서, 잘못을 사과하는 게 그렇게 어려운지 의문이 들었다. 그는 끝까지 상한 내 감정을 존중하지 않고 자신의 의도만을 고집했다.

리베카 솔닛의 《남자들은 자꾸 나를 가르치려 든다》에서 인상 깊었던 개념은 '노여움'이었다. 노여움은 주로 권력적 우위에 있다고 생각하는 사람이 아랫사람에게 느끼는 감정인데, 남성이 자신의 뜻에 순순히 응하지 않는 여성에게 기본적으로 갖는 감정이 이와 같다고 했다. 네가 감히 나를 거부해, 나에게 토 달아, 나를 미워해, 나한테 뭐라고 해? 나와 술자리를 가졌던 그도 같은 맥락에서 자신의 호의를 호의로 받아들이지 않은 나에게 노여움을 느꼈을 것이다. '칭찬이었는데, 감히 나에게 정색해?'

"저는 말 잘 듣는 여자가 좋아요." 친구가 맞선에서 들었던 말이다. 친구가 불쾌하다고 말하자, 상대방은 자기 주위 사람들이 모두 그렇게 조언해서 솔직했을 뿐인데 뭘 그렇게 정색하느냐며 오히려 친구를 몰아세웠다고 한다. 비슷하게 나는 친구의 남편으로부터 "승은이 너는 보통 남자는 못 만나겠다"는 말을 들었다. 내가 자기주장이 강해서 보통 남자는 감당하지 못할 거라는 말이었다. 내가 고분고분하지 않아서 싫어할 남자라면 나는 더욱 싫다고 말하고 싶었지만, 더 보통이 아니어 보일까 봐 참았던 기억이 있다.

'말 잘 듣는 여자'를 좋아하는 건 단지 개인의 취향일까? 나는 말 잘 듣는 여자가 좋다고 말하는 심리가 서늘하게 느껴진다. 내가 아는 사례에서 가정폭력·데이트폭력 가해자가 피해자에게 폭력을 일삼으면서 꼭 했던 말은 "나니까 이 여자의 버릇을 고쳐준다"였다. 오히려 자신은 헌신

적인 남자이며, 자신의 말이나 행동이 폭력이라는 지적은
둘 사이를 몰라서 하는 말이라고 억울해하는 경우가 많았
다. 몇 해 전, 장애인종합복지관에서 실습할 때 만났던 가
정폭력 남편도 "집사람이 모자라는데 가르쳐줘야죠. 내가
사랑하니까 가르쳐서 데리고 살아야 하지 않겠습니까"라
고 당당하게 말했다. 내 소중한 친구에게 오랫동안 후려치
기 권법(그의 명언, 너 얼굴이 비대칭이야, 노력을 안 하니까 그런
대우를 받지, 너는 끈기가 없어, 결국 너는 모자라!)으로 자존감을
뚝뚝 떨어뜨린 남자친구도 "나니까 너한테 이런 말을 하
지. 다른 사람이었으면 굳이 이렇게 안 대해. 내가 널 그만
큼 소중하게 여겨서 그러는 거야"라고 말했다고 한다.

　　동등하게 소통할 수 있는 존재가 아닌 고분고분한 대
상을 찾는 심리는, '내 뜻을 거스를 때 혼낼 수 있다'는 당
위를 전제한다. 상대가 여성일 경우 으레 가르치려고 드는
남성의 특성을 일컫는 '맨스플레인'은 그래서 중요하다. 단
지 '가르침'에서 그치는 게 아니라, 가르칠 수 있다는 불평
등한 구도 자체가 폭력을 내포하기 때문이다.

　　이제는 맨스플레인이 대중적인 언어가 돼서 대화를
하다가 "아, 내가 또 맨스플레인했네"라고 말하는 남자가
많아졌다. 문제는 '말'만 그렇게 한다는 점이다. 자신의 인

식을 성찰하고 변화하려는 노력 없이 "내가 또 맨스플레인했네. 이렇게 말하면 또 맨스플레인으로 보이나?"라는 손쉬운 반응은, 결국 자신의 상황을 희화시키며 권력관계는 그대로 가겠다는 굳은 의지를 반영한다.

카페에서 남자 넷, 여자 둘이 페미니즘 모임을 진행할 때 딱 그런 모습이 보였다. 남성들은 "한국사회의 페미니즘은 진정한 페미니즘이 아니야"라며 몇 시간 동안 페미니즘을 설파했고 여성들은 가만히 들으며 페미니즘을 배우는 슬픈 광경이 펼쳐졌다. 언어를 습득하는 것에서 머무는 게 아니라 자신의 삶에서 성찰하려는 태도를 가져야 하는데, 이론을 아는 것을 사는 것으로 여기는 경우가 많다.

맨스플레인의 기저인 여성에 대한 멸시와 편견이 성폭력과 살인으로 이어진다고 하면 너무 나갔다고 할까? 부족한 여자라 내가 가르쳐줘야 하고, 보살펴야 하고, 지켜줘야 한다는 인식 그 자체가 폭력이라면 어떨까? 사랑받기보다 존중받길 원한다는 말은 왜 이렇게 받아들여지기 어려운 걸까.

가끔 의문이 든다. '그'와 내가 동등한 인간으로 마주할 수 있을까. 일상 속 습관화된 폭력을 깨고, 서로가 서로를 온전히 마주하는 날이 올 수 있을까. 나는 사랑보다 존중을, 보호받기보다 권리를 보장받길 원한다. 그곳에서 당신을 다시 만나고 싶다.

부족한 여자라 내가 가르쳐줘야 하고,
보살펴야 하고,
지켜줘야 한다는 인식
그 자체가 폭력이라면 어떨까?
사랑받기보다
존중받길 원한다는 말은
왜 이렇게 받아들여지기 어려운 걸까.

수년간 사회문제를 이야기할 때에는 '수치스럽다'는 표현
을 들어보지 못했다. 그런데 내 일상의 문제를 이야기하자
"수치스러우니 당장 글을 내리라"는 말을 자주 듣게 된다.
페이스북에서 나를 볼 수 없도록 진작 차단한 아빠도 가
계정을 만들었는지 새벽에 뜬금없이 문자를 보냈다. "진보
운동 한다고 할 때에는 '종북'이라서 걱정했더니, 페미니
즘인가 뭔가 이기적인 거 한다고 하더니 잘도 그런 글 올
려서 애비 부끄럽게 만드는구나. 그게 뭐가 자랑이라고 올
리냐. 못난 년." 가족뿐 아니라 주위 사람들의 걱정도 태산
같다. 사적인 일을 쓰면 사람들이 뭐라고 생각하겠느냐며

내 이미지를 걱정한다. 그런 글 말고 공적인 글을 쓰라는 것이다.

특히 사람들이 염려하는 부분은 내 몸과 관련된 이야기다. 섹스·낙태, 심지어 성폭력이나 성추행에 노출된 이야기도 수치의 대상이 된다. 사회문제를 지적하고 국가폭력을 말하면 그래도 꽤 정의롭고 거시적 안목을 가졌다고 여겨지는데, 왜 내가 자라오면서 매일 마주하는 폭력은 치부처럼 숨겨야 할까. 왜 그것의 부끄러움은 내 몫이 되는 걸까.

생각해보면 나도 그들의 시선만큼 내 몸을, 내 몸에서 일어나는 일을 부끄러워했다. 독실한 기독교 신자였던 부모님의 영향으로 열혈 모태신앙 교인이었던 나는 스물한 살까지 '혼전 순결'을 굳게 서약했다. 하지만 애석하게도 연애에 일찍 눈을 뜨게 되었고, 첫 키스는 중학교 3학년 때 했다. 성인이 되어 처음 사랑하는 사람과 섹스를 했을 때, 두려움에 이불 속으로 숨어서 엉엉 울어버렸다. 창문 밖에서 하나님이 나를 지켜보고 손가락질하는 것 같은 느낌이 들었기 때문이다. 그래서 남자친구에게 "넌 나를 더럽혔어!"라며 이별을 통보했었다. 어릴 때부터 받았던 주입처럼 내 몸을 지키지 못했고, 더럽혀졌다고 굳게 믿었다. 다행히 그가 나를 붙잡았고, 내 안에 자리 잡은 자기혐오 잣대를 버리기까지 오랜 시간 대화하고, 공부하고, 깨는 과정을 겪었다. 그래서 나에게 섹스는 폭력이나 더러운 행위가 아닌, 사랑을 표현하는 한 방식으로 자리 잡게 되었다.

나이가 들면서 친구들과도 서서히 서로의 섹슈얼리티에 대해 이야기 나누고, 여성의 섹슈얼리티에 대한 정보가 조금씩 드러나면서 전보다 자유롭다는 느낌도 든다. 하지만 여전히 내가 주체가 되어서 '내 문제'를 이야기하기는 어렵다. 깨려고 노력해도 위축되는 건 어쩔 수 없는 것 같다. 누군가 내 생각이나 활동을 보고 비웃는 것보다 내 몸에 대해 비난하는 것이 치명적으로 느껴지기 때문이다.

왜 나는 자유롭지 못할까? 자라오며 일상적인 공간과 관계(길거리·학교·직장·술집·화장실·노래방·선후배·연인 등) 도처에서 내 몸은 타자의 시선에서 자유롭지 못했으며 많은 관계에서 성적 대상이 되었는데, 정작 나는 스스로의 성적 권리에 대해서 다른 사람보다도 무지하길 강요받았다. 누군가가 욕망하는 대상이 되도록 학습받고 행동해왔으면서, 나는 내 욕망에 얼마나 주체적이었을까. 아니, 온전히 욕망했던 적이 있었나? 내 몸이 관계 맺으며 겪는 일들을 떳떳하게 밝힐 수 있었나?

당연한 말이지만, 사람은 관념으로 존재하지 않고 신체로 존재한다. 몸은 개인이 세상과 관계 맺는 최전선의 연결망이고, 그 연결망이 부딪치며 겪는 이야기가 이론의 기반이 된다. 경험은 이론보다 낮은 수준이 아니며, 이론은 경험을 기반으로 만들어내는 것일 뿐이다. 그렇기 때문에 몸을 수치스러워할수록, 특히 그것이 여성의 몸일 때 여성 담론은 위축될 수밖에 없다. 많은 성폭력 피해자들이 피해 경험을 '공론화'하기 두려워하는 이유는 이러한 수치심과 연결되어 있다.

나에게 "사적인 거 말고, 공적인 말을 하라"고 요구한 사람 중에는 '페미니스트'도 있었다. 내가 느끼기에 그는 나보다 여성주의 이론은 많이 공부했을지언정, 페미니즘의 사상을 몸으로 체득하지는 못했다. 페미니즘을 활자 속에 가두고 삶으로 연결하지 못했다. 페미니즘은 앎과 삶의 분리와 간극을 견디지 못하는 사람들에게 시스템을 논하기에 앞서 지금 이곳에 스며든 폭력을 돌아보게 만드는 지침이다.

나는 하나의 정체성을 갖지 않는다. 폭력을 증언하는 피해자가 되기도 하고, 서툰 관계에서 상처를 주고받는 대상이 되기도 하고, 때로는 다른 소수자에게 가해자가 되기도 한다. 모든 '몸의 이야기'가 말해져야 하고, 들려야 한다. 몸의 소외를 강요당해온 소수자의 목소리, 여성의 목소리는 그래서 특히 중요하다. 부디 학습받아온 수치를 힘겹게 떨치며 말하는 개개인의 '몸의 이야기'에 가만히 귀를 기울이면 좋겠다. 작가 은유의 말처럼, '말할 권리'만큼 '들릴 권리'가 필요하다.

　　추신. 입 닥치라는 말보다 부끄럽게 어떻게 그런 얘길 해, 남들이 뭐라고 생각하겠어, 비록 그렇게 됐더라도 널 이해하고 받아줄 사람이 있을 거야, 같은 말이 더욱 '몸의 이야기'를 막는다.

## 새벽의 일기 #3:
## 아무리 익숙해도 문제가 아닌 건 아니다

모처럼 동네 찜질방에 갔다. 시원한 식혜를 마시며 쉬는데 텔레비전에서 흘러나오는 드라마 대사가 귀에 콕콕 박힌다. 애써 무시하려고 노력했지만 남자 주인공이 "너는 내가 없으면 안 되는 여자잖아. 넌 그런 여자…" 어쩌고저쩌고 말을 하는데 순간 정지. 같이 갔던 친구와 마주 보고 막 웃어버렸다. 텔레비전이 집에 없어서 안 본 지 오래인데, 드라마 속 사랑 이야기는 여전했다. 여자 주인공은 아무리 능력이 있고 잘나도 '남자가 없으면 안 되는, 남자가 있어야 비로소 완성되는 존재'여야 한다.

친구와 나는 우리가 자취를 하면서 텔레비전에서 일찍 해방된 게 다행이라고 안도하면서 자리를 옮겨 족욕을 하러갔다.

족욕 테이블에는 다양한 잡지들이 펼쳐져 있었는데, 파리 테러 애도면 옆에 '예뻐지는 여자의 비결'이 쓰인 성형외과 광고가 있었다. 점점 테러에 무감각해진다는 문제의식을 갖고 있던 차에, 그보다 화석 같은 문제를 마주하니 마음이 갑갑했다.

언젠가 엄마와 찬밥에 대한 글을 썼을 때, "왜 아직도 엄마를 찬밥에 비유하느냐"는 댓글이 달렸다. 댓글을 단 아저씨는 시대가 변했으니 이런 레퍼토리는 식상하다고 말했다. 내가 생각해도 참 식상한 레퍼토리이다. 그런데 불과 그 글을 쓰기 4일 전, 평소에 눈물을 잘 흘리지 않는 후배가 엄마가 먹던 남은 찬밥 이야기를 하면서 눈물을 뚝뚝 흘렸었다. 이 식상한 레퍼토리가 여전히 나와 친구들을 울리는 '사실'이라는 걸 그분은 몰랐다.

대상화, 이름붙이기, 성 역할 강요 등의 '식상한' 여성 문제는 문제라고 말하는 사람 입장에서도 설득하거나 불편하다고 말하기 새삼스럽고 피곤할 만큼 도처에 만연하다. 하다못해 운동을 좋아하는 친구 J는 '보드 타는 법'을 검색했는데 "여자가 의외로 보드를 잘 타면 남자들이 빽간다" "남자보다 잘 타면 남자들이 자존심 상해한다"는 글을 읽었다면서 보드에 대한 정보를 찾는데도 그런 글을 봐야 하는 게 너무 화난다고 말했다.

매일 쏟아지는 문제에 하나하나 반박하며 이야기하는 게 무슨 소용일까 싶다가도, '문제 제기'를 지겹게 느낄 정도로 지겹게 반복되는 '문제'가 싫어서라도 표현을 해야 한다고 생각했다. 사람들에게 조금의 경각심이라도 생기도록 말이다.

공기처럼 자연스러운 혐오 문화에 약간의 제동이 걸리자, 이제 사람들은 "내가 이렇게만 해도 '여성혐오'라며 난리치겠지?"라며 문제가 아닌 문제 제기를 조롱하고 비웃는다. 이런 반복을 문제라고 끊임없이 말하는 우리가 이기적이라는 것이다. 계급이나 민족 문제만을 구조적 사유로 제한한 사람들은, 나머지 문제는 개인적인 것으로 치부한다. 오랜 시간 동안 반복된 뻔한 이야기라서 '생물학적으로 남·여는 원래 그렇다'는 말까지 나오는 현실이 슬프다.

"인간을 상품화하지 말라" "인간을 수단이 아닌 목적으로" "흑인도 인간이다"라는 말이 철 지난 문제의식이나 요구가 아닌 것처럼, "여자를 대상화하지 말라" "여자도 인간이다" "사랑받기보다 존중받길 원한다"는 외침도 철 지난 말이 아니다.

모든 변화의 시작이 그렇듯 가장 자연스러운 것을 먼저 의심해야 한다. 자연스럽다고 해서 마땅히 그래야 하는 것은 아니다. 아무리 익숙해도 문제가 아닌 것은 아니다.

## 새벽의 일기 #4:
## 아직 예민하다

동생 승희가 무척 아팠다. 몸과 마음이 지친다며 아침 일찍 찾아온 승희는 간밤에 얼마나 울었는지 눈이 퉁퉁 부어 있었다. 같이 점심을 먹고 무엇을 할지 이야기하는데, 문득 속초에서 파는 씨앗호떡이 먹고 싶다고 했다. 망설임 없이 속초로 떠났다. 도착하자마자 시장에 가서 씨앗호떡을 먹었다. 여전히 달고 고소했다. 할 일이 많았지만 잠시 미뤄두고 오길 잘 했다고 생각했다. 그날따라 바람이 많이 불어서 바다에 갈 엄두가 나지 않았다.

　도서관이 붙어 있어서 사방이 책으로 채워진 창이 큰 카페에 갔다. 책을 읽고 그림을 그리면서 시간을 보내는데 내 앞에 앉은 승희가 피곤하다며 테이블에 엎드렸다. 갑자기 승희의 모습을 그리고 싶었다. 슬픔에 잠겨 있는 모습을 기록하고 싶었다. 지친 어깨와 축 늘어진 머리카락, 그 주위의 빛이 아름다웠다. 집중해서 승희의 윤곽을 노트에 그리다가 문득 우리의 지난 시간이 떠올랐다.

5월은 가정의 달이라고 한다. 가족이라는 말만 들어도 치가 떨릴 만큼, 우리가 서로에게만 의지하며 보냈던 지독한 밤들이 지나갔다. 이제 나는 스물아홉, 승희는 스물일곱. 아프고 고독했던 10대도 아니고, 불안했던 20대 초반도 아니고, 혼란스러웠던 20대 중반도 아니다. 나는 곧 서른이 된다. 이제 가족이라는 말을 쉽게 담아도 될 만큼 나이가 꽤 먹었다고 생각했다. 가족을 떠올리지 않아도 매일 바쁘게 돌아가는 일상이기 때문에 괜찮다고 생각했는데, 승희가 아파하는 걸 보면 예전으로 돌아간 것 같은 기분이 든다. 방 한구석에서 둘이 부둥켜안고 벽에 "엄마, 엄마"라고 연필로 썼던 그 새벽으로, 엄마가 보고 싶어서 서로에게 엄마 목소리를 흉내 내며 들려줬던 그 오후로, 자꾸 돌아간다. 승희가 아프지 않으면 좋겠다.

나는 내가 왜 이렇게 예민하고 소심한 사람인지 자주 생각한다. 나름 추측한 다양한 이유들이 있는데, 그중 하나는 나와 같은 사람들이 있을 거라는 데서 오는 공감, '두려움'이다. 중학교 때 반성문을 쓰고 엄마 사인을 위조해간 동생에게 "너 엄마 없잖아, 이혼했는데 어떻게 사인을 받아와?"라고 말한 선생님의 말이, "딸은 엄마 인생 닮는대, 대물림된다고 하던데?"라는 이야기를 했던 친구들과의 평범한 대화가 남긴 상처는 내게 그런 예민함을 안겨주었다. 내 예민함이 쓸데없는 지레짐작과 망상으로 나를 힘들게 하더라도 무뎌지고 싶지 않다. 나는 계속 예민해야지, 절대 무뎌지지 말아야지, 라고 되뇌었던 옛 일기장의 다짐처럼 나는 아직 예민하다. 다행이다.

**3**

들리면
좋겠습니다

○ 나는
불법이다 ○

"몸 간수 잘해야 돼. 결국 여자만 손해야." 팬티에 피가 처음 묻어 나온 날 엄마는 내게 말했다. 남자는 다 똑같으니까 네가 알아서 몸을 잘 챙기라고도 당부했다. 나는 엄마의 말에 묘한 반항심을 느꼈다. 왜 여자만 손해라는 거지? 여자가 손해라는 말이 여자를 더 움츠러들게 하는 거 아닌가? 엄마 때랑 우리 때는 세대가 다른데, 엄마는 왜 아직도 그렇게 생각하는 거지?

삐딱했던 나는 더 자유롭게 섹스를 즐기는 쪽으로 '몸 간수'를 택했다. 하지만 아무리 자유로워지려고 노력해도 혹시나 하는 임신 가능성이 내 발목을 잡았다. 첫 섹스

이후 연애 관계를 지속하면서, 매달 배란일과 생리예정일을 체크하면서 긴장하는 날이 아슬아슬하게 이어졌다. 콘돔·경구피임약 등 다양한 피임 방법을 활용했지만 언제나 정석대로만 피임하진 못했다. 가끔 약을 깜빡하기도 했고, 콘돔을 끼지 못한 채 갑작스럽게 섹스를 할 때도 있었다. 유독 불안할 때에는 사후피임약을 먹었다. 임신테스트기를 사서 확인하는 날도 여러 번 있었다.

스물두 살 때였다. 느낌이 안 좋다는 친구의 말에, 함께 산부인과에 갔다. 진료를 받고 나온 친구가 무너지듯 바닥에 주저앉더니 울면서 말했다. "나 이제 어떡해? 정말 피임 잘했는데… 내 인생 끝났어." 임신 4주차. 계획하지도, 원하지도 않은 임신이었다. 그날 온종일 불안해하는 친구를 달래면서 말했다. "아니야. 이런 일은 얼마든지 일어날 수 있어. 인생이 왜 끝나. 수술받으면 돼. 수술받자." 침착하게 말은 했지만 나도 모르게 몸이 떨렸다.

나 역시 마음 졸이며 생리할 날을 기다리던 많은 날이 겹쳐졌다. "에이, 임신은 그렇게 쉽게 되지 않아"라고 말하던 당시 남자친구의 얼굴이 떠오르기도 했다. 언젠가 내가 뱉은 말처럼, '아무리 피임을 잘 해도 이런 일은 얼마든지 일어날 수 있구나' 싶었다.

친구는 다음 날 임신중절수술을 받았다. 낙태가 불법이기 때문에 수소문해서 겨우 찾은 산부인과에서 했는데, 수술 후 마취제 부작용으로 심한 구토를 하고 두통을 앓았다. 그런데도 친구는 의료진에게 항의할 수 없었다. 그녀가 받은 수술이 애초에 불법이었으니까. 가장 가까웠던 친구의 경험을 통해 막연하게 느꼈던 임신의 두려움이 내게 한 발 가까이 다가왔다.

어느 늦봄, 예정일이 일주일 지나도 생리가 나오지 않았다. 평소처럼 혹시나 하는 마음으로 임신 테스트기를 써보니 두 개의 줄이 선명하게 나타났다. 산부인과에 가서 진료를 받아보니 임신 3주차라고 했다. 내 몸이 임신을 했다. 믿기지 않았지만 몸에는 이미 변화가 일어나고 있었다.

나는 입덧을 했다. 느끼한 피자 한 판을 꾸역꾸역 먹고 꼬불꼬불한 산길을 달리는 버스에 탄 것처럼, 앉으나 서나 멀미하듯 속이 울렁거렸다. 임신이 된 걸 알기 전 남자친구에게 "속이 너무 울렁거리는데, 혹시 임신한 건 아닐까 걱정된다"고 얘기한 적이 있다. 그는 나에게 "임신이라고 해도 그렇게 초기부터 입덧하진 않아"라고 말하며 염려 말라고 말했다.

임신인 걸 알게 됐을 때도 그가 내 손을 꼭 붙잡고 함께 있었지만 큰 위안이 되진 않았다. 혼전 임신일 경우 애인이 망설임 없이 애를 지우자고 말할까 봐 여자들이 두려워한다고 하던데, 정작 당시 남자친구에게 "낳자"는 말을 들은 나는 그 말조차 하나도 위안이 되지 않았다(물론 그가 망설임 없이 지우자고 했다면 그게 더 상처가 됐을 것 같다). 아기를 지우거나 낳거나 어떤 선택을 해도 결국 내 몸에서 일어나는 일이었고, 나 홀로 감당해야 하는 일이었기 때문이다. 둘이라고 생각했던 관계가 희미해지고 덩그러니 혼자가 된 느낌이 들었다.

남자친구는 애를 낳으면 잘 기를 자신이 있다며 여유를 부렸다. 나는 입덧 때문에 속이 뒤집힐 듯 메슥거려서 아무 생각을 할 수 없었다. 낳을 자신도 없고, 낳고 싶지도 않았다. 다음 날 수술을 받기로 했다. 수소문으로 수술을 해주는 산부인과를 찾았다. 처음 들어본 허름한 산부인과였다. 병원에서는 현금으로 50만 원을 요구했다. 카드로 결재하면 역추적을 당해서 의사 면허가 박탈될 수도 있다는 이유였다. 적지 않은 금액이었지만 다른 방법이 없었다.

수술실에 들어섰을 때, 차가운 공기와 음침한 기운이 느껴졌다. 딱딱한 수술대에 누운 나는 이내 깊은 수면에

빠졌다. 눈을 떴을 때 아래에서는 피가 나오고 있었다. 그렇게 며칠을 괴롭히던 입덧이 거짓말처럼 그쳤다.

대학원 동기들과 낙태를 화두로 대화를 나눴던 적이 있다. 독실한 기독교인이었던 남자 선배 A가 말했다. "낙태가 합법화되면 성범죄율이 높아질 거야. 무엇보다 생명을 그렇게 함부로 여기면 안 돼." 남자 선배 B가 거들었다. "맞아, 그러면 남자들이 더 피임을 안 할걸? 여자들에게 더 불리할 거야." 무신론자이자 보수적 정치관을 가져서 항상 A 선배에게 딴지를 걸던 B 선배였다. 매번 부딪치던 두 남자가 이 문제에서 만큼은 하나가 돼서 내게 말하고 있었다.

나는 말했다. "여성의 몸에서 일어나는 일을 왜 국가가 나서서 불법이니 합법이니 따져요? 내 몸에서 일어나는 일을 왜 선배들이 간섭해요? 내 몸은 내가 알아서 해야죠. 설사 애를 낳아도 기를 환경이 되나요? 사회적 시선은 어떻고요? 오히려 무책임한 건 무턱대고 낳으라는 쪽이죠. 지우지 못하게만 하는 게 무슨 범죄 예방이라는 거예요? 그럴 거면 여자 몸을 통제하지 말고 남자 몸을 통제해야죠!" 격앙된 내 반응에 그들은 웃으며 "네가 아직 현실을 몰라서 그래. 너를 위해서라도 낙태는 불법이어야 해"라고 말했다.

한국에서 여전히 임신중절수술은 불법이다. 7년 전 친구가, 3년 전 내가, 1년 전 내 동생이 낙태를 했을 때에도, 그랬다. 동생이 임신중절수술을 한 뒤 2주 만에 잠적해버린 동생의 전 애인에게 나는 메일을 보냈었다. "둘이 함께한 일인데, 내 동생 몸만 불법이 되었네요."

불법의 주체는 바로 여성의 몸이다. 함께 잠자리를 가진 남성의 몸은 불법이 되지 않는다. 오히려 보호자라는 명목으로 남성의 동의가 있어야 수술을 할 수 있다. 어떤 남자들은 그런 법의 허점을 이용해서 낙태하려는 여자를 협박하기도 한다. 그런데 나를 위한다니! '강간을 예방하기 위해, 도덕적인 섹스를 위해, 아직 태어나지 않은 아이의 생명을 위해' 낙태는 불법이어야 한다. 나를 위해서라는 그 말들 속에 정작 나는 없다.

얼마 전, 오랜만에 친구들과 술자리를 가졌다. 한 친구가 운을 뗐다. "나 아직 생리를 안 해. 콘돔을 끼긴 했는데 임신 안 되겠지? 그래도 왠지 불안하다." 다른 친구가 말한다. "에이 콘돔 끼면 임신 거의 안 돼. 음, 그래도 백 퍼센트 피임은 없다고는 하던데." "콘돔을 끼긴 한 거야? 그런 남자애 흔치 않던데. 나는 섹스하다가 중간에 몰래 콘돔을 빼는 애도 있었어." "헐, 그래? 그러다가 임신하는 거지. 개처럼." "아 걔도 임신했었어? 나도 했었는데."

뜬금없는 내 고백(?)에 친구들이 놀라서 물었다. "어? 너 임신했었어?" "응. 나 했었어." 그 자리에 있던 다른 친구가 말했다. "아, 나도 했었는데." "헐, 그래? 내 친구 누구도 했더라." "근데 병원 알아보기 힘들지 않았어? 비싸기도 하고." "그래, 근데 대부분 암묵적으로 해주더라. 현금으로만 받으니까 장사도 되잖아." "그러게, 당장 돈 없으면 수술도 못 받아." "내 친구는 임신해서 결혼했는데, 지금은 이혼 준비 중이야. 근데 부부가 서로 아이를 안 맡으려고 소송 중이래." "정말? 낳을 때만 책임감 있으면 단가? 애가 크는 긴 세월 어쩌려고. 준비 안 됐는데 낳는 게 더 무책임한 거 아니야?" 끊임없이 이어지는 말들 속, 어떤 공공연한 금기가 이미 우리 삶에 걸쳐 있다.

2016년 10월 보건복지부가 입법 예고한 의료관계 행정처분 규칙 개정안에 '임신중절수술을 한 경우(모자보건법 위반)'를 포함한 것에 산부인과 의사들이 항의했다. 의사들이 처벌을 받아선 안 된다며, 그대로 통과시키면 모든 임신중절수술을 전면 거부하겠단다. 임신도 낙태도 여성의 몸에서 일어나는 일인데 정부와 의료진의 손에 저울질되는 상황을 보고 있자니 아찔하다.

임신중절수술을 진료 목적 외에 마약을 처방하거나 환자에게 성폭력을 행한 것과 같은 의료 범죄와 등치시켜 '비도덕적 진료 행위'로 분류해 처벌하겠다는 정부를 보며, 누구를 위한 도덕인가 묻지 않을 수 없었다. 자생력이 없고 아직 생명으로 볼지 사회적으로 합의되지 않은 존재를 고려하는 도덕은 이처럼 공공연하게 얘기되지만, 원치 않은 임신으로 신체적·사회적 단절과 위험을 끌어안아야 하는 여성을 위한 도덕은 없다.

나는 첫 생리를 하고부터 임신할 수 있게 된 내 몸이 싫었다. 그보다 싫은 건 내 몸을 내 마음대로 할 수 없다는 박탈감이었다. 누구보다 잘 알고 친숙하게 느꼈던 내 몸이 낯설게 느껴지는 순간, 이런 때면 거부했던 엄마의 말이 맴돈다. "여자만 손해지, 여자만 손해야." 나를 향했던 엄마의 말이 사회를 향한다. "여자만 손해지, 여자만 손해야." 여전히 나는 엄마에게 여자의 손해가 아니라고 당당하게 대꾸하고 싶지만, 이미 나는 내 몸의 주인이 아니다. 나는 불법이다.

## ○ 페미니즘을
알려줘 ○

"페미니즘이 대체 뭐예요?" 우리 카페에 찾아오는 손님들이 종종 묻는 말이다. 얼핏 페미니즘을 알고 싶어서 묻는 건가 싶지만, 뒤에 붙는 말을 보면 그렇지만도 않다.

"페미니즘이 대체 뭐기에 남녀 간 대립을 조장해요? 나 보고 (여성)혐오한다고 할까 봐 요즘은 말 한마디도 편하게 못 하겠어요. 혐오라는 말은 마치 벌레같이 느낀다는 건데, 저는 정말 여자친구 사랑하거든요. 성희롱이나 성차별도 남자·여자의 문제가 아니라 사람과 사람의 문제잖아요. 약자의 문제, 권력의 문제. 근데 꼭 성별을 부각하는 건 남녀 갈등만 조장하는 거 아닌가요? 직장 상사 여자에게 성희롱당하는 남자도 있잖아요. 남자도 강간당해요. 그런데 왜 여자만 피해자라고 생각하지요? 여자는 약자가 아니에요."

이쯤 되면 어디에서부터 설명해야 할지 난감해진다. '여성혐오'라는 말을 글자 그대로 '여자를 싫어한다'는 의미로 받아들이는 것부터 시작해서 애초에 '갈등'을 절대 악으로 여기는 전제까지. 듣다 보면 상대방이 페미니즘은 물론, 요즘 핫하다는 여성혐오에 대한 개념도 공부하지 않고서 나에게 모든 문제에 답하길 요구하고 있다는 걸 알 수 있다.

이런 상황에서 나에게 주어진 선택지는 세 가지 정도다. 기초부터 하나하나 알려주거나, 좋은 책을 소개해주거나, 바쁜 척하거나.

에너지가 가장 많이 쓰이는 건 물론 첫 번째 방법. 하지만 막상 여성혐오가 뭐고 어떤 게 문제인지 이야기를 시작하면, 상대방은 으레 "여자도 남자 몸 쳐다보잖아요" "여자도 남자 혐오하잖아요"라며 몇몇 예시를 들면서 모든 것을 해명하길 요구한다. 도저히 안 되겠다는 생각이 들어 기본적인 책을 소개해주겠다고 하면, "페미니스트들이 공부하라면서 가르치려고만 드니까 나 같은 일반인들이 거부감을 느끼는 거예요"라며 역정을 낸다. "바빠서 책 읽을 시간 없어요"라는 대답도 자주 돌아오는 멘트다. 더 이상 말이 안 통할 것 같아 대화를 그만두려 하면 이러니까 페미니즘이 반감을 산다며 고개를 절레절레 흔든다.

지난 일주일 동안만 무려 네 번, 일방적인 해명을 요구하는 손님이 찾아왔다. 이런 사람들의 특징은 스스로 페미니즘이라는 공적 문제에 관심을 두고 질문한다고 여기기 때문에 무척 당당하다는 점이다. 페미니즘을 모르는 건 '일반인'인 자신에게 당연한 일이고, 알기 위해 찾아온 것만으로도 자신은 충분히 노력하고 있다는 뉘앙스를 풍긴다. 하지만 배우려는 자세 없이 따지듯 묻는 사람에게 내가 할 수 있는 대답은 한정적이다. 그러면서도 내게 요구하는 태도는 한결같다. '외면하지 말고 하나하나 친절하게 일러달라.'

나에게 페미니즘은 단순히 지식만이 아닌 '삶 자체'이기 때문에, 쉽게 질문을 던지고 소비하듯 간편하게 이해하려는 사람들의 태도에 반발심이 생기기도 한다. 설사 내가 친절하게 대답하는 데 성공한다고 해도, 몇 마디를 통해서 상대가 페미니즘을 제대로 알게 될 거라고 기대하지 않는다. 페미니즘은 지식으로 '아는 것' 이상의 다른 감각이 필요한 영역이라고 나는 생각한다.

택시를 탈 때 남녀가 느끼는 온도 차에 관한 글이 온라인상에서 화제가 됐다. 택시에서 카드로 요금을 지불할 때 택시기사에게 욕을 듣는 경우가 많아서 카드를 내밀 때마다 눈치 봐야 했다는 여자들과 달리, 남자들은 그런 불편함을 별로 느끼지 않는다는 사실에 남녀 모두가 놀랐다.

나도 항상 택시를 타고 카드를 내밀 때면 "죄송하지만 제가 카드밖에 없어서요…"라며 미안해했다. "아, 가뜩이나 손님도 없는데 카드야. 아휴. 현금 없어요?"라고 따지던 기사들을 많이 만나왔기 때문에 습관적으로 고개를 조아렸던 거다. 어쩌다가 "아니, 그게 왜 죄송한 일이에요. 당연히 카드도 되죠"라고 말하는 기사를 만나면 오늘은 운이 좋았다고 생각했다. 그런데 남자들은 '당연히 카드 결제가 가능한 세계'에 살고 있었다니?

여기에서 의심 없이 '우리'라고 믿어왔던 집단 사이에 균열이 생긴다. 이 사안에 대해 남자들은 택시비를 카드로 지불하는 건 손님의 '권리'가 아니냐고 말했다. 누군가는 '권리'로 당연히 누려왔던 일이 다른 누군가에게는 그렇지 않았다는 걸, 그전까지 서로 몰랐다.

강남역 여성 살인사건도 마찬가지였다. 많은 남성이 그 사건을 평범한 일상에서 우발적으로 일어난 '하나의 사건'으로 인식했다. 어릴 때부터 "밤늦게 돌아다니면 큰일 나"라는 협박 어린 조언을 듣고, 집에 들어갈 때마다 "조심히 들어가고 꼭 메시지 남겨"라는 걱정을 듣고, 밤거리에서 누군가가 쫓아올까 봐 전화 받는 척 발걸음을 재촉한 경험이 있는 수많은 여성에게 그 사건은 '내 일'이었다. 일상적으로 드나드는 공중화장실·거리에서 언제든 나와 지인들에게 일어날 수 있는 일이라는 생생한 공포감이었다.

밤거리에서, 공중화장실에서, 어디에서든 안전할 권리. 이 '마땅한 권리'가 어떤 존재에게는 당연히 주어지는 게 아니다. 강남역 여성 살인사건도 그 당연한 권리의 부재에서 비롯되었지만, 사건 이후의 반응도 권리의 부재를 온몸으로 느껴본 사람과 느껴본 적이 없는 사람 사이에 극명한 인식 차이를 보였다. 강남역 사건은 두 집단의 간극이 크다는 걸 다시금 확인하게 해주었다.

택시에서, 거리에서, 화장실에서, 일상 속에서 서로 다른 세계가 공존하건만 우리는 서로의 세계를 지레짐작하며 나의 시선으로 세상을 진단한다. 쉽게 '나'를 중심으로 '우리'라는 범주를 짓는 것이다. 하지만 내가 규정한 우리에 타인의 삶이 정말 녹아 있을까?

그런 의미에서 내가 가장 먼저 의심해야 할 것은 나자신이다. 내가 마땅히 누려왔던 권리, 평범한 인식을 돌아봐야 한다. 페미니즘을 공부하는 건 지식을 쌓으며 '확신하는' 과정이 아니라 기존의 관념을 '의심하는' 과정이라고 나는 생각한다.

페미니즘이 이슈가 되면서 카페에 페미니즘 스터디를 하는 청년들이 종종 찾아온다. 그 가운데는 하나하나 사례의 답을 찾아가며 '진정한 페미니즘'을 운운하는 사람도 많다. 입시 위주 교육 과정을 거치면서 정답이 있는 공부법이 몸에 배었기 때문일까? 페미니즘에 진정한 하나의 답은 없다. 나에게 페미니즘은 하나의 논리이기 전에, 살면서 겪어왔던 공포, 상처, 내 삶 전체와 밀접하게 닿아 있는 언어, 사상, 일상이다. 많은 여성, 사회적 소수자에게도 그럴 것이다. 그래서 요즘은 하나의 페미니즘을 가리키는 대문자 에프가 아닌, 개개인의 페미니즘을 의미하는 '소문자 에프'로 페미니즘을 지칭한다.

이렇게 삶의 문제인 페미니즘을 알기 위해서는, 듣는 이의 적극적인 자율성과 상상력이 필요하다. 문화인류학자 조한혜정은 여성주의적 학습과 소통에서 '상상력, 자율성, 반성적 성향'을 강조했다. 한 번도 타인의 삶을 상상해 보지 않은 사람은 페미니즘에 가닿을 수 없다. "페미니즘이 뭐야?"라고 손쉽게 질문하고 상대가 친절하게 대답하길 바라는 태도로는 페미니즘이 추구하는 가치에 조금도 닿을 수 없다.

나는 비혼주의자다. 비혼주의자라고 말하면 대번에 돌아오는 반응은 "외롭지 않아요?" 혹은 "나중에 외롭지 않겠어요?"다. 여자로 태어났으면 한 번쯤 결혼과 출산을 경험해봐야 하지 않겠느냐며 일장 연설을 늘어놓기도 한다. 매번 같은 질문과 일방적 훈화를 당하고 나서 나름대로 맞받아치는 레퍼토리가 생겼다. 때로는 대답하는 척하면서 내쪽에서 다다다 몰아붙이기도 한다.

"왜 비혼은 꼭 외로울 거라고 생각하세요? 기혼은 안 외로운가요. 인간은 원래 외로운 존재예요. 노후가 문제라면 남편에게 노후 보살핌을 받는 여성이 얼마나 되나요? 혼자 사는 여성이 더 건강하게 오래 산다는 통계도 있어요. 저는 결혼을 거부할 뿐이지 끌리는 상대가 있으면 그때그때 연애도 하고 동거할 거예요. 굳이 결혼해야만 함께 살 수 있는 건 아니잖아요. 또 제게는 사랑스럽고 고마운 동물 가족들이 있답니다. 지금처럼 마음 맞는 사람들과 가까이에서 살 거고요. 가족이나 관계에 대한 상상력을 넓혀야 해요."

비혼주의라고 하면 으레 외로움 따위 느끼지 않는 강인한 정신력을 가졌다거나 독립적 인간이라는 이미지가 씌워지는데, 나는 강인은커녕 물렁물렁하고 외로움을 잘 타는 사람이다. 어둠, 고요, 냉장고 소리, 시계 초침 소리, 무서운 예감, 나 홀로와 같은 것들의 나열을 잘 견디지 못하는 편이다.

혼자 살 때는 밤마다 스탠드 하나는 꼭 켜놓아야 잘 수 있었다. 겁이 많아서기도 하지만, 어릴 때부터 생활을 공유했던 동생의 존재도 내 성향에 큰 영향을 미쳤다. 각자의 침대를 두고 굳이 좁은 침대에 포개져서 잠들었던 시간이 쌓이면서, 혼자보다는 둘이 잠자고 밥 먹고 생활하는 게 익숙해졌다. 보이지 않는 타인의 빈자리를 쉽게 느낄

만큼 나는 누군가와 일상을 공유하는 게 자연스럽다.

한때는 타인과 함께 살아갈 수 있는 방식이 결혼뿐이라고 믿어서 결혼을 꿈꾸기도 했다. 20대 초반에 만났던 남자친구와의 교제는 결혼이라는 화두가 내 인생에 적극적으로 들어왔던 계기였다. 처음 남자친구의 부모님이 나를 보자고 했을 때, 남자친구는 나에게 자기 어머니에게 잘 보여야 한다고 일렀다. 어머니가 여태까지 자기가 만났던 두 명의 여자친구 모두를 싫어했다고. 첫 번째 여자친구는 연상이어서, 두 번째 여자친구는 키가 작고 통통하다는 이유로 탐탁지 않게 여겼다고 했다. 그 말을 듣고 스물한 살의 나는 이런 다짐을 했다. '꼭 귀여움받는 여자친구(미래의 며느리)가 되어야지!'

긴장하며 찾아간 남자친구 집 식사 자리. 처음 마주한 남자친구 부모님과의 만남은 무척 어색하고 홀로 분주해지는 시간이었다. 어릴 때부터 '여자의 도리'를 배워왔기 때문일까. 누가 시킨 것도 아닌데 나는 밥을 먹자마자 내가 설거지를 하겠다고 팔을 걷어붙였다. 어머니가 과일을 깎아주신다고 할 때도 여유롭게 앉아 있는 남자친구나 다른 가족들과 다르게 나 혼자만 엉덩이가 들썩들썩했다. '내가 지금 과일을 깎겠다고 해야 되나? 오버하는 건 아닐까.

그래도 너무 눈치 없어 보이면 어떻게 해.' 내 안에서는 무수한 목소리가 윙윙거렸고, 결국 나는 엉거주춤한 상태로 깎아주신 과일을 먹었다.

며칠 뒤 남자친구는 나에게 말했다. "엄마가 여자는 얼굴이 중요한 게 아니라고, (너와의 교제를) 잘 생각하라고 말했어." 내가 그렇게 예쁜 건 아닌데, 하는 생각과 함께 이내 후회가 밀려왔다. '그때 과일을 더 적극적으로 깎겠다고 할걸, 조금 더 상냥하게 웃을걸….'

그 뒤 남자친구 부모님이 우리 부모님의 이혼 사실을 알게 되고 남자친구와 내가 몇 번 싸우는 걸 지켜보면서, 나를 향한 시선은 더욱 비틀어졌다. 남자친구에게 대놓고 "너는 왜 굳이 걔를 만나냐"는 말을 할 정도였다. 지금 생각하면 가만히 부모님 얘길 듣고 있다가 내용을 나에게 전달한 남자친구도, 나를 잘 알지 못하면서 으레 판단한 그 부모님의 태도도 무례하다. 하지만 그때의 나는 '내 잘못'이라고 생각했다. 부모님이 이혼하며 가장 걱정했던 것, "나중에 너네 시집갈 때 상대 집에서 뭐라고 생각하겠니. 너희에게 정말 미안하다." 괜한 염려라고 생각했던 부모님의 말씀이 어느새 나를 찌르고 있었다.

첫 남자친구와 헤어지고 스물다섯 살 되던 해에 한 살 연상 남자친구를 만났다. 사귀고 얼마 뒤 그와 동거를 시작했는데, 몇 달 뒤 남자친구 어머니가 우연히 우리의 동거 사실을 알게 됐다. 그때부터 나는 '예비 며느리'가 되었다. 하루는 어머니에게 네 통 넘게 부재중 전화가 와 있었다. 내가 안 받으니 내 동생에게까지 전화해서 언니가 연락이 왜 안 되느냐고 물었다고 한다. 나중에 전화하니까 "네가 이렇게 연락이 안 되면 내가 오해하잖니"라고 말문을 여시고, ○○은 출근 잘 했냐고 물어보았다. 아들에게 직접 물으면 될 것을 굳이 나와 동생에게 전화해서 안부를 묻는 게 불편했지만, 그 뒤로도 비슷한 일이 반복됐다.

어느 날에는 그의 어머니가 다짜고짜 우리 카페에 찾아와, 요즘 자신이 아들이랑 사이가 안 좋다면서 가족이 행복하려면 중간에 있는 여자가 잘해야 한다고, 안 그러면 여자가 욕먹는다고 말했다.

아이러니했던 건, 그의 어머니가 나를 좋아했다는 사실이다. 어머니는 그의 전 여자친구의 부모님이 이혼한 사실을 알고, 쉽게 이혼하고 다른 남자를 만나는 엄마 밑에서 딸이 뭘 보고 자랐겠냐고 그를 타박했다고 한다. 부부 관계가 좋지 않아서 오랫동안 각방을 썼음에도 참고 견디

며 이혼을 하지 않았던 그의 엄마 입장에서, 타인의 이혼
은 너무나 가볍고 무책임해 보였나 보다. 나는 그의 전 여
자친구 얘길 듣고 "내가 만약 그 상황이었다면 너와 헤어
졌을 거야"라고 남자친구에게 화를 낸 적이 있다. 스물한
살의 내 모습이 이입됐기 때문이다. 내 말에 그는 전 여자
친구도 힘들어했다고 말했다. 전 여자친구는 자주 말했다
고 한다. "우리 집 그렇게 이상한 집 아닌데. 나도 사랑받고
자랐는데…."

　나의 부모님도 이혼했다. 엄마에게는 여러 명의 남자
친구가 있었다. 그런데 남자친구의 어머니는 나를 싫어하
지 않았다. 남자친구가 그 사실을 말하지 않았으니까. 오히
려 그의 어머니는 자기 친구들에게 나를 소개해주겠다며
적극적으로 며느리 환영 의사를 밝히기도 했다. 드디어 나
는 못마땅한 존재가 아닌 환영받는 '예비 며느리'가 되었다.

　그런데 이상하게 숨이 막혔다. 있는 그대로 예쁨을 받
지 못했기 때문이 아니었다. 미움을 받아도 예쁨을 받아도
그 관계에 내가 없었기 때문이었다. 얼핏 살뜰해 보이는
관계 속에 처음부터 나는 없었다.

　나의 부모님은 틀렸다. 내가 결혼하기 힘든 이유는 부
모님의 이혼이 아니라, 결혼 자체에 있었다. 나는 그를 만

나면서 확고하게 결혼 생각을 접었다. 한때는 그와의 결혼을 진지하게 생각했지만, 관계가 확장될수록 비혼에 대한 갈망이 더 커졌다. 그는 변화된 내 태도와 신념에 서운함을 느낀다고 했다. 그러나 나는 서운함과는 비교도 할 수 없을 만큼 실존적 문제로 버둥댔다.

당시에 매일 되뇌었던 말. 나는 부모님의 간섭이 싫어서 집도 나오고 자유롭게 사는데, 왜 사랑한다는 이유로 이런 역할을 감내해야 하는 거지. 그를 사랑하는 것뿐이지 그의 부모님을 사랑하는 건 아닌데. 누군가의 자식이 아닌 개인으로 온전하게 사랑하고 살아갈 수는 없는 걸까.

얼마 전 가까운 지인의 청첩장을 받았다. 누구의 장손, 누구의 장녀. 각자의 부모님 이름이 크게 박힌 청첩장이었다. '집안끼리의 만남'이라고 규정된 결혼의 억지스러운 조합을 느꼈다. 물론 그 조합이 서로 존중하고 고유의 존재로 살아갈 수 있도록 북돋워주는 관계라면 문제없을 것이다. 하지만 이미 나는 20대 초반부터 며느리의 역할이 무엇이어야 하고 내가 어떻게 행동해야 하는지 알고 있었다. 모두가 평온한 그 부엌에서 혼자 과일을 깎던 남자친구 어머니의 모습에 내가 겹쳐지는 것도, 손님으로 가서 남자들 중간에서 혼자 어정쩡하게 고요한 폭풍을 맞았던 내 모습도, 그런 나를 자연스럽게 여겼던 남자친구와 그의 가족들, 나를 둘러싼 정상적인 공기가 싫었다.

내가 비혼을 고집하게 된 데는 다양하고 복잡한 이유가 있다. 동거를 경험하면서 사랑하는 사람과 이대로 함께 살아도 충분하다고 여기게 된 점, 동물가족과 살면서 종과 관습에 얽매이지 않는 관계에 대한 상상력을 갖게 된 점, 지구를 위해서라도 인간을 재생산하지 않겠다는 신념이 생긴 점, 반항적인 성향 탓에 스스로 용납되지 않는 역할을 하고 싶지 않은 점, 페미니즘을 공부하게 된 점. 그리고 역할극을 하지 않고 내 고유의 존재로 관계 맺고 살아가는 지금 주위 환경의 영향도 크다.

이미 나에게는 식구가 있다. 인간 본연의 외로움을 극복하지는 못하지만, 종종 외로움을 잊게 해주는 충만한 관계 속에 나는 존재한다. 사랑받는 며느리, 싹싹한 아내, 이혼한 집 딸, 그 무엇도 아닌 내 모습 그대로.

드디어 나는 못마땅한 존재가 아닌
환영받는 '예비 며느리'가 되었다.
그런데 이상하게 숨이 막혔다.
예쁨을 받아도 그 관계에 내가
없었기 때문이었다.

## ○ 강간문화,
## 당신은 안녕한가요 ○

곳곳에서 증언이 들린다. 문단 내 성폭력, 운동권 내 성폭력, 종교 내 성폭력, 학교 내 성폭력, 가족 내 성폭력 등 세상 곳곳에서 일어나는 성폭력이 드러나고 있다. 얼마 전 한 시인에 대한 성폭력 증언 글을 접했을 땐, 나와는 먼 이야기라고 생각해서 '피해자가 용기 있다'고만 느꼈다. 시간이 지나면서 증언이 하나둘 늘어날 때마다 비슷하게 반복되는 목소리 속에서 내 경험이 겹치기 시작했다. 내가 미처 성폭력이라고 생각하지 못했지만 권력관계에서 이뤄졌던, 편하지 않았던 스킨십이 떠올랐다. 혼자 고민하다가 적당히 상대와 멀리하려고 노력했던 시간이 새록새록 다가

왔다.

스무 살, 과에서 유일하게 진보적이었던 교수님과 친해지고 싶어서 졸졸 쫓아다녔던 적이 있다. 언제부턴가 교수님은 헤어지기 전, 차 안에서 손을 잡자고 했다. 교수님은 나를 보며 "내가 널 정말 예뻐하는 거 알지? 정말 아껴"라고 칭찬했고, "섹스는 해봤니? 자유롭게 즐겨"라고 조언했다. 하루는 헤어지기 전 차 안에서 교수님이 나를 안자고 하더니, 고개를 돌려 나에게 키스했다. 나는 그 순간이 너무 불편하고 싫었다. 그 뒤로 교수님을 보지 않았다.

당시에는 처음부터 제대로 거절하지 않았던 내 책임이 크다고 생각했다. 그에게 배울 점이 있다고 여겨서 가까워지려고 했던 건 나였으니까. 처음부터 매몰차게 거절하지 않았던 내 책임이라고 모두가 말할 것 같았다. 후에 그가 내 동생에게도 비슷하게 행동했다는 걸 알게 됐을 때도, 동생과 나는 그것을 성폭력이라고 인지하지 못했다.

스물한 살, 사회복지 분야에서 권위 있는 모 교수의 조카이자 지역 유지의 아들이었던 과 선배가 나를 성추행했다. 나를 포함한 모든 동기들이 '언니'라고 부를 정도로 그는 따뜻하고 편안한 선배였다. 선배에겐 여자친구가 있었고, 나도 남자친구가 있었다. 내가 남자친구와 싸운 어느

밤에 선배가 연애 상담을 해준다고 자신의 집 근처로 나를 불렀다. 이야기를 하는데 선배가 갑자기 키스를 하더니 내 몸을 더듬었다. 그러면서 "내가 언제 너 같은 애랑 자보겠어"라고 말했다. 나는 워낙 편하게 생각했던 선배였기에 장난인지 진심인지 헷갈렸고, 어설프게 거절하곤 어색함을 피하려고 웃어버렸다.

선배는 자신의 가족이 얼마나 권위 있는지 은근히 드러냈다. 동기 중 한 친구도 자신이 연결해줘서 취업된 거라고 말했다. 선배에게 찍히면 지역에서 사회복지 일을 하기 어려워질 수 있다고 생각해서 관계를 냉정하게 끊지는 못했다. 얼마 뒤 다른 여자 동기들도 그 선배에게 비슷한 방식으로 성추행당했다는 걸 알게 되었고, 동기들과 나는 선배와 관계를 끊었다.

아르바이트 할 때나 길거리·술집 등에서 모르는 사람으로부터 겪었던 폭력을 제외하고 믿었던 사람에게 당했던 일만 해도 꽤 많다. 대학원 교수, 농촌연대활동에서 만났던 동네 이장님, 문화단체 대표…. 어느 분야에서든 주로 '남성'이 기득권을 갖고 있었고, 그들은 내 활동에 관심을 갖고 있다며 도와주겠다고 다가와서는 원치 않는 스킨십과 성희롱을 했다. 아예 모르는 사람에게 추행을 당했다면 차라리 화를 내고 범죄라고 정의할 수 있었을 텐데, 모호한 관계에서는 도무지 상황을 판단하고 정리할 수 없었다.

그 관계에는 권력이 작동했다. 내가 한 문화단체 대표에게 비슷한 일을 겪었을 때, 제일 처음 들었던 생각은 '지금 내가 여기서 너무 매몰차게 거절하면 우리 활동을 도와주기로 한 걸 취소하려나?'였다. 다음 생각은 '바보같이 사무실까지 쫓아온 내 잘못도 있으니까 좋게 넘어가자'였다. 그 일이 있기 전에 그는 나에게 "내가 도와줄게요. 우리 같이 해봐요"라고 말해왔고, 나는 그의 선의를 믿고 싶었다. 후에 그가 춘천으로 찾아와서 내 자취방에서 쉬고 싶다고 노골적으로 말했을 때, 나는 가까스로 거절하고 그를 돌려보냈다. 집으로 돌아오는 길에 엉엉 울어버렸다. 왜 이렇게 냉정하게 선을 긋지 못하고 그에게 친절하게 대했는지 스스로 이해되지 않았다.

그때도 마찬가지였다. 지금 여기서 거절하면 소문이 나거나 청년 문화단체 판에서 불이익을 받진 않을까 걱정이 먼저 들었다. 추행을 당했다고 하기엔 내가 그에게 너무 친절했다는 걸 잘 알고 있었다. 모르는 사람에게 성폭력을 당했다고 증언해도 여자의 직업·과거가 언급되며 '꽃뱀'이 아닌지 의심받는 사회다. 그런데 이미 친절하게 주고받은 메시지가 남아 있고, 그 후에도 냉정하게 그를 끊지 못했던 내 태도는 어떤 식으로든 나에게 불리한 점이라고 판단했다. 최면을 걸 듯, 성폭력이 아니라 애매했던 관계 정도로 기억을 마무리 지었다(이 사람 역시 동생에게 똑같이 행동했다는 걸 후에 알게 됐다).

기억이 물꼬를 트자, 너무나 일상적이어서 일상적으로 넘겼던 호소들이 떠올랐다. 체육관 사범이 여자인 자기에게만 "허리를 발로 눌러달라"고 시키는 게 불편하다고 하소연하던 친구, 목과 어깨를 주무르면서 "남자는 늑대야, 몸조심해야 해"라는 식으로 매일 말하는 남자 사장님이 소름끼친다던 후배. 나와 그녀들은 문제를 어떤 식으로 받아들이고 대처해야 할지 몰랐다. 그들은 가까운 관계였고, 권력이 있었고, 존경하는 사람이기도 했으니까. "남자는 원래 다 그렇다"는 일종의 포기와, "재수 없어서 당했으니 앞으로 몸을 조심하자" "술자리는 피하자" 정도로 결론 짓곤 했다.

그런데 지금도 쏟아지는 피해자들의 목소리가 "그 문제는 예전에도, 지금도, 앞으로도 너를 쫓아다닐 수 있다"고 말한다. 오랜 시간 자신을 질책했을 피해자들의 마음이 나에게 전달된다. 목소리를 내기 전까지 뒤척였을 긴 밤과,

목소리를 낸 뒤에도 갖고 있을 불안한 떨림이 느껴진다. 글을 쓰고 싶다는 생각이 들었다. 내 경험을 있는 그대로 공유하고 싶었다.

여전히 나는 글쓰기가 망설여진다. 써놓고 차마 공유하지 못해서 노트북 바탕화면 '쓰는 중' 폴더에 쌓이는 글이 늘어가고 있다. 언젠가 카페 글쓰기 모임에서 한 청년이 내게 말했다. "승은 씨는 선뜻 쓰기 어렵고 금기가 되는 일들을 아무렇지 않게 풀어내서 글을 읽으면서 위안을 받아요." 나는 "아, 제가요? 위안이 되셨다니 다행이에요!" 라고 대답하고 웃어 보였다. 사실 매번 타협해가면서 내가 겪고 느낀 걸 풀어내지만, 조심스럽게 공유한 글조차 급진적인 글로 읽힐 때면 '이러다가 혹시 컴퓨터가 털리기라도 하면 나는 정말 큰일 나려나?'라는 생각에 아찔해지기도 한다. 내가 유독 금기를 살아왔던 건 아닐까 마음이 뒤숭숭해지고, 내 잘못은 아닐까 하는 의심도 나를 따라다닌다.

다시 그녀의 목소리가 나에게 말한다. 그건 나만의 문제도 아니고, 결코 내 잘못이 아니라고.

"만약 한 여성이 자신의 삶에 대해 진실을 털어놓는다면 어떻게 될까? 아마 세상은 터져버릴 것이다." 미국의 시인이자 페미니스트인 뮤리엘 루카이저는 말했다. 한 여성의 시간과 몸의 서사에 세상 곳곳의 폭력과 차별이 배어 있고, 그 목소리가 다른 목소리들을 불러낼 거라고. 아직 다 털어내지 못한 이야기를 입가에 머금고 있는 사람들의 망설임이 눈에 보인다. 나 역시 그렇다. 폴더에서 기다리는 글자 뭉치들. 언젠가 내가 이 폴더를 다 털어내는 날이 왔으면 좋겠다. 날 불러준 목소리에 대답하기 위해서라도 내가 더 용기를 내는 날이 오길 바란다.

## ○ 네 잘못이
## 아니야 ○

"나 정말 힘들었어. 지금도 힘들어. 잠도 잘 못 자고 그 순간이 자꾸 떠올라. 나는 성폭행당한 거야. 그러니까 제발 내 앞에서 걔를 좋게 얘기하지 말아줘." 몇 년 전, 후배에게 울면서 했던 말이다. 내 말을 들은 후배는 "언니가 그렇게까지 힘든지 몰랐어요. 미안해요"라며 그 뒤로 내 앞에서 '그'에 대한 얘기를 꺼내지 않았다.

학생운동을 하면서 만났던 그와 나는 2년 조금 넘는 시간을 사귀면서 50번은 넘게 헤어지고 다시 만났다. 그를 만날 때의 내 모습은 내가 봐도 무척 낯설었다. 서로를 사랑했기에 좋을 때도 있었지만 그때 나는 대체로 사납고,

우울하고, 변덕스러웠다.

사귀고 얼마 후 그가 나에게 처음 언어폭력을 가했을 때, 나는 당황하고 놀랐지만 '그만큼 나한테 서운했구나' 생각하고 그를 달래주었다. 하지만 사소하게 넘겼던 우발적인 행동을 시작으로 폭력은 한 단계씩 높아졌다. 그 단계에 따라 나도 점차 폭력에 적응했고, 적응했을 뿐 아니라 함께 폭력적으로 변해갔다.

격하게 싸우던 어느 날, 그가 내 주위로 책을 집어던졌다. 나는 똑같이 그의 책과 필통을 집어던졌다. 그는 나를 밀쳤고, 나는 "네가 뭔데 내 몸에 손을 대, 이 새끼야. 다시는 내 눈 앞에 나타나지 마"라고 말하며 그를 똑같이 밀쳤다. 나는 어제까지도 사랑을 속삭이던 그가 나에게 폭력을 행사했다는 사실을 부정하고 싶었다. 폭력을 당했다는 사실보다 헤어지는 게 마음 아파서 너덜너덜해진 상태로 눈물만 흘렸다. 싸움 뒤에 그는 언제나 나를 찾아왔다. 길거리에서 무릎 꿇고 꽃다발을 주기도 하고, 어떤 날에는 집에 찾아와서 꽃다발과 함께 편지를 주었다.

마지막으로 그와 '진짜' 헤어졌던 날, 헤어지자는 내 말을 듣고 그가 다짜고짜 집에 찾아왔다. 문이 잠기지 않은 틈에 들어온 그는 나를 강간했고, 콘돔을 끼지 않은 채

사정했다. 나는 칼을 들고 다시 내 앞에 나타나면 내가 죽을 거라고 그를 위협했다. 그가 가고 혼자 남겨져서 오랫동안 침대에 우두커니 앉아 있었다. 그 순간에도 나는 내가 당한 폭력에 분노하고 슬퍼하기보다 임신 가능성을 걱정했다. 다음 날 바로 산부인과에 가서 처방을 받고 사후 피임약을 먹었다.

함께 활동했던 동료들에게 이 사실을 말했을 때, 아무도 심각한 성폭력이라고 보지 않았다. 그와 내가 으레 그래왔듯이 전처럼 싸우고, 헤어지고, 싸우고, 헤어지는 일의 연장이라고 생각했다. 나는 그를 떠올리면 수치스럽고 마음이 울렁거려서 힘들었지만, 주위 사람들은 원래 헤어질 때마다 너네는 그러지 않았느냐는 식으로 말했다. 그 남자애가 욱하는 성질인 걸 알면서 왜 진작 헤어지지 않았느냐고도 물었다.

당장 경찰에 신고하라는 지인도 있었다. 하지만 당시 내가 생각하기에 나는 온전히 '순진한 혹은 순결한' 피해자가 아니었다. 그와 나는 원래 섹스를 했던 사이고, 그가 욕을 하거나 밀칠 때 함께 언성을 높인 내가, 굳이 그와 2년 동안 만나왔던 내가, 남들이 보기에 성폭력 피해자일 수 있을까.

나는 어릴 때부터 성폭력을 미리 조심해야 한다는 조언을 들어왔다. 그런데 이번 사건은 내가 조심하지 않은 일이었다. 나는 가해자를 사귀었고, 자취를 했고, 문을 잠그지 않았고, 그에게 친절하게 이별 이유를 설명하지 않았다. 그가 우발적이게끔 만들었다. 정말? 정말 그런가. 끝없이 이어지는 의심은 나를 망설이게 했다. 더 이상 그와 엮이고 싶지 않다는 핑계를 댔지만, 나는 알았다. 성폭력을 바라보는 시선과 피해 여성을 향한 비난과 의심 어린 눈초리를. 그것은 나에게 익숙한 풍경이었다. 나는 그 공기를 견뎌낼 자신이 없었다.

내가 그를 경찰에 신고하지 않자, 당시 나에게 호감을 보였던 남자가 술에 취해서 나에게 말했다. "사실은 강간이 아니라 너도 좋으니까 받아들였던 거 아니야? 내 친구가 그러는데 그런 일 있고도 경찰에 신고하지 않는 게 이해가 안 된대. 여자가 진짜 저항하면 애초에 당하기 어렵지 않나?" 그는 신고를 하지 않는 내 태도가 자신에게 상처가 됐다는 식으로 말했다. 나는 그의 말에 깊은 상처를 받았다. '당당하게' 피해 사실을 밝히지 않고, '합법적으로' 신고하지 못하는 나의 세계를 그 남자는 언제까지나 이해하지 못할 거라고 생각했다.

내가 당했던 데이트폭력 관련 글을 올렸을 때, 한 남성이 댓글을 남겼다. "근데 글에서 보니까 남자친구랑 싸우다가 휙 돌아서서 갔다고 하는데, 그것도 폭력적인 행위 아닙니까?" 늦은 시간에 고함을 지르면서 집까지 쫓아왔던 그보다 그를 도발한 내가 폭력적이라는 댓글을 읽으며 다시금 내 안의 작은 목소리가 죽는 게 느껴졌다. 딱 이 정도가 가장 은밀하고 친밀한 폭력인 데이트폭력에 대한 위치의 거리감이다. 피해자와 그 외 사람들의 거리, 피해자와 가해자의 거리. 닿을 수 없는 걸 설명해야 하는 아득한 거리감.

함께 활동했던 동료들은 그 후로도 이따금씩 나에게 그의 안부를 전했다. "○○ 오빠 잘 지내고 있더라고요." "○○는 공부한다고 어디 간 거 같아." 그는 나에게 상처를 준 가해자였지만 그들에게는 여전히 좋은 동료였다. 하루는 후배가 내 앞에서 이것저것 편하게 그의 이야기를 했는데, 참다못한 내가 말했다. 나 정말 힘들었고, 지금도 힘드니까 내 앞에서 제발 그의 이야기를 좋게 하지 말아달라고. 내 피해를 피해로 봐달라고, 내가 당한 일을 폭력으로 봐달라고 후배에게 간절하게 부탁했다.

최근 논란이 된 한 데이트성폭력 사건에 대해, 가해자의 지인이 하는 소리를 들었다. "이 사건을 남자(가해자)만의 잘못이라고 보기엔 찜찜한 구석이 있어." "피해자는 왜 진작 합리적으로 대처하지 않은 거지?" "피해자 갑질…." 다시금 피해자와 그들의 위치 사이의 아득한 거리감을 느꼈다.

데이트폭력은 언제나 무 자르듯 단순한 구도로 나눠지지 않는다. 피해자는 하나의 캐릭터가 아니다. 순결하고 합리적인 피해자는 없다. 함께 욕하고, 대응하고, 저항하는, 심지어 '나쁘기도' 한 복합적인 존재이다. 피해자를 수식하는 말이 무엇이든, 어떤 존재도 폭력을 당해선 안 된다. 그것만이 절대적 원칙이다. 또한 피해자에게 합리적 대처를 요구하는 것도 터무니없는 기계적 잣대라는 걸 나는 안다. 데이트폭력은 낯선 남자에게 폭력을 당한 일이 아닌, 가장 믿었던 사람에게 당하는 은밀하고 친밀한 폭력이다.

만약 내가 겪었던 데이트폭력을 공적으로 문제 제기했더라면 어땠을까 생각해보았다. 답은 이미 글을 쓰면서 나왔다. 내가 겪은 피해를 공론화하는 과정은 데이트폭력 자체보다 더 큰 상처로 내게 돌아왔을 것이다. 이미 그걸 알고 있었던 나는 방어하기 위해서 폭력을 외면했을지 모른다. 그렇기 때문에 지금 목소리를 내는 피해자들의 목소리가 소중하고, 고맙고, 미안하다. 그때 내가 먼저 겪고 부딪치며 공론화했더라면 지금은 조금 달라졌을까.

사회적 인식, 통념, 제도적 불리함에도 위험을 감수하고 더듬더듬 피해를 말하는 목소리에 귀 기울인다. 지금도 3일에 한 번씩 여성이 친밀한 관계에게 살해되고 있지만 '데이트폭력'이라는 언어가 생긴 건 불과 몇 년도 되지 않았다. 일상적 폭력을 설명할 언어는 여전히 부족하다.

피해자의 증언이 '폭로'로 나올 수밖에 없는 환경, 어렵게 꺼낸 증언이 '무고죄'의 위협에 놓이는 불균형한 법적 토대에서 나는 폭력에 대한 '불확실한 증언'을 존중하고 듣는 것이 중요하다고 생각한다. 지금 이 사회에서 피해자의 증언은 언제나 불확실성을 수반한다는 걸 인정하는 태도도 중요하다.

데이트폭력 피해자는 언제나 존재했지만 존재하지 못했다. 데이트폭력은 사회적으로 소외되는 폭력이므로. 그 폭력을 드러내는 것은 위험을 감내하면서 자신이 피해자임을 입증해야 하는 어려운 과정이므로. 이제 조금씩 말을 꺼내는 피해자들에게 '그러게 왜 그런 사람을 만났어, 왜 진작 헤어지지 않았어, 왜 그때 그렇게 행동했어, 그러게 왜 경찰에 신고하지 않았어'라는 익숙한 소리가 들린다. 나는 그 소리에 그녀의 목소리가 사라지지 않길 바란다.

이제라도 나는 용기를 내서 그녀의 목소리에 귀 기울이고 동참한다. 나 스스로에게도 꼭 해주고 싶었던 말을 그녀에게 건네고 싶다. "그건 네 잘못이 아니야. 네 잘못이 아니야."

## ○ 고슴도치를 품은 건
누구일까 ○

아빠가 카페에 왔다. 거의 6개월 만에 보는 얼굴. 둘 다 춘
천에 있으면서도 아빠와 나는 잘 만나지 않는다. 아빠도
어색한지 나를 보며 머쓱하게 웃었다. 몇 달 전, 내가 겪었
던 성폭력과 낙태·동거 경험을 글로 썼을 때, 아빠는 창피
하게 왜 그런 글을 올리느냐고 메시지를 보냈다. 나는 그
이후로 유일한 연결 고리였던 메시지도 차단해서 한동안
아빠와 소통할 수 없었다.

나를 보며 웃던 아빠는 이내 볼멘소리로 말을 건넸다.
"너는 왜 자꾸 아빠 나쁜 점만 글로 쓰냐? 내가 그렇게 나
쁘게만 했냐?" 그동안 아빠는 쭉 내 글과 동생 글을 지켜

봤다며, 우리 때문에 동네 창피해 죽겠다고 했다. 주위에 친척·친구·동료들이 자신을 이상하게 볼 거라면서 "너 그 거 사회적으로 한 사람 죽이는 행위야"라며 서운한 기색을 드러냈다.

나: "아빠가 확실히 언어폭력을 하긴 했지. 예전에 승희가 말대꾸한다고 쓰레기통 뒤집어서 머리에 쏟은 적도 있고, 나 잘 때 얼굴에 얼음물 부은 적도 있지. 성적 떨어졌다고…."

아빠: "아 됐고, 그거 말고 내가 잘해준 것도 많잖아. 내가 요즘 창피해서 못 다녀. 무슨 내가 폭력 아빠인 줄 알겠다."

나: "아빠, 아빠는 폭력 아빠 맞아어. 언어폭력도 심각했잖아. 말끝마다 욕하고, 무시하고, 비교하고. 아빠, 그것도 폭력이야."

아빠: "참나, 그럼 세상 아빠들 다 폭력 아빠게?"

나: "응! 맞아. 나는 세상 많은 아빠가 그렇다고 생각하는데. 그래서 내 글은 아빠 개인 탓하려는 게 아니라, 많은 사람이 그렇다는 걸 말하고 싶었어. 그게 개인의 문제가 아니라 사회적 분위기가 용인하는 구조적 문제라는 뭐 그런…. 그래서 댓글 보면 남 일 같지 않다는 사람이 많아."

아빠: "됐어, 댓글 보니까 아빠 보고 사이코패스라는 사람도
있더라. 나 상처받았어."

나: "그 댓글은 삭제했어. 근데 아빠는 상처를 더 받아야 해.
지금 나한테 따질 게 아니라 뭘 잘못했는지 좀 반성해야지!"

 

가끔 엄마를 만나서 아빠 얘기를 할 때면 엄마는 "그
래도 네 아빠는 돈도 꼬박꼬박 벌어오고, 딴짓하고 다니는
것도 아니잖아. 누구네 집 아빠는 더 하다더라"라며, 막장
드라마에 나올 법한 캐릭터와 비교하며 아빠 정도면 괜찮
은 사람이라고 말했다. 엄마의 레퍼토리가 아빠의 입으로
도 나왔다. 나 정도면 다른 아빠들에 비해서 괜찮다는 말.

물론 나도 그렇게 생각한 적이 없었던 건 아니다. 아빠
는 (텔레비전에서 보거나 주위에서 들은 폭력 가부장의 전형에 비하
면) 알코올중독도 아니었고, 물리적 폭력을 행사하는 일도
'적었다'. 경제적으로 필요한 때 지원도 해줬고, 가끔 다정
하게 쇼핑을 가거나 외식도 함께했다. 퇴근길에 맛있는 음
식을 사올 때도 있었고, "우리 딸들이 최고야"라고 말해줄
때도 있었다.

하지만 나에게 아빠에 대한 우선적인 감정은 '조마조
마'다. 우리 집은 아빠가 기분이 좋을 때와 좋지 않을 때로

분위기가 극명하게 갈렸다. 아빠가 기분이 좋지 않을 때 가족들에게 어떻게 눈치를 줬고 폭력을 행사했는지 나는 몸으로 기억한다. 아빠가 퇴근하는 저녁 여섯 시만 되면 동생과 나는 벌떡 일어나서 책을 읽는 척 책상에 앉아 있었다. 눈에 띄지 않으려고 방에 들어가서 쥐죽은 듯 자는 척도 잘했다.

내가 여섯 살 때 아빠가 선풍기로 엄마를 때렸던 것, 초등학교 때 멍과 피로 얼룩진 엄마를 보고 눈물 흘렸던 기억도 뚜렷하다. 몇 년 전까지도 나는 '매일 때리는 아빠도 있다는데 이 정도면 양호하지'라고 생각했다. 이 문제가 비단 내 아빠만의 문제가 아니라는 걸 나는 이미 알고 있었다.

내 가족은 특별히 불우했던 가족이 아니다. 많은 가족 서사에서 당연하게 그려졌던 가부장의 모습을 담고 있는 평범한 가정이다. 그리고 그 평범한 가정이라는 게 얼마나 기울어진 권력을 전제하는지 가족 구성원의 입장에서 글을 쓰는 것뿐이다. 그러니까 나는 내 아빠가 유독 더 폭력적이라서 글을 쓰는 게 아니라, 많은 아빠가 자신도 모르게 저지르는 폭력을 성찰했으면 해서 글을 쓴다. "그래도 네 아빠는…"이라며 위안하는 말이 얼마나 많은 고통과 가능성을 억누르는지 밝히고 싶다. 아빠라는 존재도 충분히 서로를 존중하며 사랑하는 관계를 맺을 수 있길 바라는 마음으로 글을 쓴다.

아빠가 내게 말했다. "아무튼 너 이제 내 얘기 쓰지 마." "싫어, 난 아빠 얘기 쓸 거 아직 한 트럭 남아 있어. 책에도 쓸 거야. 아빠가 내 글 보지 마." "안 돼. 남들이 뭐라고 생각하겠어. 그럼 나도 네 치부 쓴다?" "내 치부가 뭐가 있는데?" "많지. 쓴다?" "응, 써! 누구 글이 더 공유되는지 봅시다." "안 돼!!"

아빠가 글을 쓰지 말라고 당부하는 동안 나는 웃음을 참을 수 없었다. 아빠와 대화를 나누기 며칠 전 《한겨레21》에서 낙태와 관련된 인터뷰를 할 때, 아빠가 피임을 잘 안 해서 엄마가 세 번 낙태를 한 적 있다는 말을 했기 때문이다. 아마 아빠가 그 기사를 보면 또 나를 얼마나 원망할까 상상이 됐다. 그렇지만 결혼 후 남성이 피임을 제대로 하지 않아서 기혼 낙태율이 50퍼센트가 넘는 사실도 언급했으니, 아빠가 부디 자신의 얘기라고만 생각하지 말고 '많은 남자의 문제구나'라고 깨닫고 반성했으면 좋겠다. 아빠 주위의 친구·친척들도 내 글을 보게 된다면, '우리 집'만의 문제로 보지 말고 자신의 자리를 먼저 성찰하고 반성하길 바란다.

아빠는 카페에 5만 원을 기부하고 집으로 돌아갔다. 나에게 아빠는 가장 복잡하고 어려운 존재이다. 대다수 가정폭력과 아내폭력, 나아가 데이트폭력은 이렇게 복잡한 관계와 감정이 뒤섞여 있기에 보통의 폭력보다 접근하기가 어렵다. 가장 안전하다고 생각해왔던 관계에서 일어나는 폭력은 가해자와 피해자라는 구분 자체를 무력화시키고 '사랑싸움'이라는 명목으로 폭력을 합리화한다.

"오랜 세월 동안 가정폭력은 남성의 성 역할이었다"라는 정희진의 말처럼, 폭력은 가족을 구성하는 하나의 요소였다. 나는 자신을 페미니스트라고 생각하지만 칼처럼 아빠와의 관계를 재단할 수 없었다. 아슬아슬하게 아빠와 대화를 나누는 나를 발견하곤, 이런 나의 감정이 가정폭력이 오랫동안 존재할 수 있었던 이유와 같은 선상에 있지 않을까 생각했다.

아빠는 언제부턴가 시를 쓴다. 헤어지고 나서 아빠가 나를 생각하면서 썼다고 시를 보내줬다. 제목은 〈고슴도치〉. 아빠는 여전히 자신의 잘못을 알지 못한다. "아빠를 파는 게" 아니라, 내 아픔을 회고하고 복기하는 과정인데. "잘 자라주어 고맙구나"가 아니라 "미안하고 반성한다"면

더 좋았을 텐데. 하고 싶은 말은 많지만 가장 궁금했던 점.
'고슴도치'를 품은 건 아빠였을까, 다른 가족들이었을까?

〈고슴도치〉

홍○○ (아빠)

너 계속 아빠의 나쁜 점만 글로 쓸 거니?
응!

아빠가 언제 폭력적이었니?
아빠는 정신적 폭력이거든

세상에 진짜 폭력적인 아빠를 못 보았구나
아빠는 내가 중학교 때 전교 50등 했다고 자랑했을 때
큰아빠, 큰고모 아들은 늘 전교 1등 했다고 했지 기억 나?

기억 없는데, 그래서 아빠가 네 글의 주인공이 되는 거니?
응!

그냥 적당히 해라

그냥 아빠는 내 글을 읽지 않았으면 좋겠어

졸지에 주인공이 되었다
페미니스트, 딸 덕분에
그래 애비를 팔아서 잘 된다면야

딸아, 잘 자라 주어서 그래도 고맙구나

내 가족은 특별히
불우했던 가족이 아니다.
나는 내 아빠가 유독 더 폭력적이라서
글을 쓰는 게 아니라,
많은 아빠가 자신도 모르게 저지르는
폭력을 성찰했으면 해서 글을 쓴다.

○ 여성혐오 사회에서
여성이 리더가 된다면 ○

"한 사람의 백 걸음보다 백 사람의 한 걸음이 세상을 바꾸는 거야." 나에게 사회운동을 알려준 선배가 했던 말이다. 한 사람의 영웅이 아니라 여러 사람의 연대로 사회가 변화한다는 말. 나는 선배의 말을 가슴에 품고 대안지식공동체·협동조합과 같은 공동체 활동을 했다.

　선배가 말한 '연대'는 아름답고 이상적인 말이었다. 그렇지만 나에게는 어려운 말이었다. 활동을 하며 가장 힘든 일이 무엇이었냐고 누가 물으면 나는 '자신을 믿지 못했던 날들'이라고 답한다. 조직을 일구면서 다양한 사람들의 교차로 역할을 해왔는데, 그 과정에서 스스로에 대한 자책과 의심이 물밀듯 밀려올 때가 많았기 때문이다. 불편함의 중심엔 내 '여성성'(이라고 규정된 특성)이 있었다.

한번은 가깝다고 생각했던 남자 후배가 뒤에서 내 욕을 한 적이 있다. 후배는 여러 사람 앞에서 "승은 누나는 너무 감정적이어서 카페 앞날이 걱정된다"며 세 시간 내내 날 험담했다. 재미있는 건, 그 후배가 평소 존경하던 남자 선배가 나와 같은 의견인 걸 알고는 "형은 원래 이성적인데 누나랑 어울리면서 판단력이 흐려졌다"라고 말한 것이다. 오랫동안 나는 후배와 의견을 맞추려고 노력했었다. 후배는 어떤 날에는 "누나가 이성적으로 일을 잘 처리했으면 좋겠어요"라고 말했고, 어떤 날에는 "누나가 포용력을 가졌으면 좋겠어요"라고 말했다. 그는 내게 나약함·감정적이라는 여성성을 지우되, 여자다운 포용력을 가지라고 요구했다.

이런 잣대는 그 후배만의 유별난 태도가 아니었다. 몇년 전 겨울, 카페 운영회의를 마치고 뒤풀이를 하던 중 한 남자 팀원이 갑작스럽게 말했다. "누나는 너무 비민주적이고 논리적이지 못해요." 그는 회의에 참여했던 일곱 명 모두가 동의한 사안이 자신의 마음에 안 든다는 이유로 나를 편협하다고 쏘아붙였다. 억울한 마음에 눈물이 나와서 황급히 화장실에서 눈물을 훔치고 나왔다. 그러자 그 친구는 "누나가 운다고 봐주진 않을 거예요"라며 나를 더 몰아붙였다. 그때 함께 있던 남자 선배가 "뭐가 비민주적이라는 건데?"라고 묻자 그는 우물쭈물하며 대답하지 못했다. 남자 선배의 말 한마디에 상황이 정리된 것이다. 집으로 돌아가는 길, 후배는 나를 툭툭 치며 물었다. "에이, 누나 삐쳤어요? 삐친 거 아니죠?"

"여자는 논리적이지 못해, 비이성적이고 감정적이야, 여자들 우는 거 너무 피곤해, 왜 그래 계집애같이." 텔레비전에서, 라디오에서, 학교에서, 사회 곳곳에서 공기같이 퍼지던 말이 나를 둘러쌌다. 그들은 진보운동을 하면서, 협동조합 활동을 하면서, 대안공동체를 일구다가도 "누나는 너무 감정적이에요" "넌 왜 이렇게 예민해?" "삐치지 말고 들어" "이성적으로 생각해봐" "네가 잘 몰라서 그래"라며 나를 부정하는 말을 뱉었다.

내 '의견'이 아니라 '존재'를 의심하고 부정하는 시선 속에서 나는 점점 자신을 믿지 못하게 되었다. 내가 과연 한 조직의 대표로 있어도 될까, 나는 왜 이렇게 약하고 예민할까, 불편한 건 왜 이렇게 많은 걸까, 혹은 내가 만만한 사람이어서 그런 건 아닐까.

방법을 찾아야 했다. "네가 자주 웃고 리액션을 잘하는 편이라 만만해 보이는 거 같아. 웃는 걸 줄이면 어때?"라고 조언하는 친구도 있었다. 만약 카페 대표가 남자였다면 사람들이 함부로 못했을 거라며, 내 힘을 키워야 한다는 선배도 있었다. 그 말에 차가운 표정을 연습해보기도 했다. 겉모습도 세련되게 꾸미고(그러면서도 외모에 신경 쓰는 티 내지 않고), 회의 진행과 업무 분담도 칼같이 하고(그러면서도 포용하고), 불쾌한 농담에도 웃으며 능청스럽게 받아치는 연습을 했다. 각종 심리학·동양철학·리더십 도서를 읽으며 내면을 강하게 다지려고 노력했다.

소위 '여성성'의 기표로 특정되는 비이성·비논리·나약함을 지워야 한다고 생각했다. 하지만 여성스럽지 않으면서도 여성스럽게 굴라는 요구는 아무리 노력해도 달성하기 어려웠다. 상황은 나아지지 않았다.

여러 차례 비슷한 갈등 속에서 지쳐가던 어느 가을, 자정이 넘도록 카페에 남아서 회의 준비를 하고 있었다. 그날은 함께 활동하는 여자 후배도 남아 있었다. 후배는 "언니, 요즘 많이 힘들지요?"라며 위로의 말을 건넸다. 내가 고맙다고 말하자, 갑자기 후배가 눈물을 뚝뚝 흘리며 입을 뗐다. 자신도 몇 년 전 한 조직의 대표로 있으면서 나와 같은 어려움을 겪었다며, 어리고 여자라는 이유로 무시당하고 의심받았다고 말했다. 그 뒤로 사람이 싫어져서 6개월 넘게 방에만 있으면서 사람을 만나지 않았다면서, "언니가 있기 때문에 이 조직에 들어왔고, 지금도 언니를 믿는다"고 말해주었다. 후배와 나는 캄캄한 카페 안에서 몇 시간 동안 펑펑 울며 서로를 다독여줬다.

내 존재를 긍정해준 한 사람의 힘 때문이었을까. 나는 문제를 오로지 나에게 돌렸던 지난날을 차근차근 되돌아보았다. '백 사람의 한 발자국'을 말해주었던 남자 선배가 겪어야 했던 갈등과 여자인 내가 마주했던 갈등은 달랐다. 선배는 나에게 리더십이나 철학서를 추천해줬지만, 선배의 조언은 '남성'이라는 기본 값을 전제로 나온 고민의 산물이었기 때문에 나에게는 해당되지 않았다. 선배는 몰랐다. 함께 걸어야 할 백 사람이 여성혐오 사회 속에 적응된 사람들이라면? 그 사회에서 내가 '여성'이라면? 더군다나 내가 공동체의 리더라면?

그때부터 페미니즘 도서가 적극적으로 눈에 들어왔다. '가장 개인적인 것이 가장 정치적이다'라는 페미니즘의 명제는 내 개인의 문제라고 여겨왔던 일을 거시적 관점에서 보게 해주었다. "페미니즘의 핵심 과제는 여성을 신뢰

할 만하고 경청할 만한 존재로 만드는 것이었다"라는 리베카 솔닛의 말은 나를 가르치려 들었던 많은 남자의 태도가 내 탓이 아니었음을 알게 해주었다. "공적 영역에 도전하는 여성은, 여성에 대한 편견 어린 시선과 싸우는 동시에 여성에게 더 엄격하게 세워진 기준을 통과해야 하는 어려움을 겪는다"라는 여성주의 연구활동가 권김현영의 말은 내가 요구받은 이중 잣대가 얼마나 부당한지를 깨닫게 해주었고, 많은 여성이 비슷한 어려움을 겪고 있다는 사실을 알게 했다.

나를 향하던 의심이 다른 곳을 향하기 시작했다. 지금처럼 여성혐오가 만연한 사회에서 여성은 리더가 될 수 있을까? 평등한 조직 구성원이 될 수 있을까? 이미 기울어진 땅에서 아무리 성을 쌓아도 금세 무너지거나 흔들리듯, 나는 사람들의 요구에 맞춰가며 이미 무너진 성을 쌓고 있었다. 그 뒤로 카페 팀원들과 함께 적극적으로 페미니즘을 공부하며 서로를 이해하는 시간을 가졌다. 우리에게 필요했던 건 한 사람의 노력이 아닌 페미니즘을 통한 모두의 성찰과 소통이었다.

카페가 페미니즘의 성격을 점차 뚜렷하게 띠게 되면서 많은 '여성주의 공동체'가 찾아왔다. 같은 지향을 가진 공동체를 만나면 서로 깜짝 놀랄 때가 많다. 조직을 운영하며 힘들었던 점이나 좋았던 점이 평행이론처럼 닮아 있기 때문이다. 남성 구성원이 많을 때 느꼈던 여성 리더의 고충과 갈등·어려움이 특히 비슷하다. 진작 서로를 알았다면 내 잘못이 아니라 '우리'의 잘못이라는 걸 알았을 텐데, 라고 말하며 이제라도 알게 돼서 다행이라고 웃곤 한다.

언젠가 조직 내에서 '페미니즘'으로 인한 갈등은 없느냐는 질문을 받았다. 나는 망설임 없이 "우리는 페미니즘을 통해 더욱 끈끈해질 수 있었다"라고 대답했다. 여러 철학서를 함께 읽고 서로 진심으로 마음을 나눌 때도 온전히 해결되지 않았던 자신에 대한 불신 혹은 서로에 대한 불신이 페미니즘을 통해 많은 부분 해결되었다고 말이다.

이제 나는 만만하게 보이지 않으려고 노력하지 않는다. 웃고 싶을 때 실컷 웃고, 푼수 같은 모습을 보이고, 진심을 나누며 한없이 친절해도 서로 존중하는 관계 속에 있다. 사소한 농담이나 일상적 대화에서도 약자 혐오가 배어 있지 않도록 노력하는 조심스러운 문화에서 편안함을 느낀다. 수직적 리더십이 아닌 수평적 리더십이 가능하다는 것, '연대'와 '화합'이 이상이 아니라는 것도 머리가 아닌 경험으로 알게 되었다. 더 이상 나는 나를 부정하지 않는다.

○　보이지 않는
　　노동을 하는 사람들　　　　　　　　　　　　　○

인문학카페를 오픈하기 전, 나는 한 고등학교에 비정규직
행정직으로 취업했었다. 학교를 졸업하고 진로를 고민하
다 보니, 학생운동을 한답시고 성적 관리는커녕 흔한 토익
한 번 본 적 없는 내가 들어갈 곳이 마땅치 않았다. 이력서
와 자기소개서에는 내가 그동안 해왔던 활동은 물론 지향
하는 가치도 담을 수 없었다.

　　그래도 의미 있는 일을 해야 한다는 고집이 있었기
에 학교 비정규직 노동조합 활동을 해보지 않겠느냐는 선
배의 권유에 흔쾌히 그러겠다고 했다. 막연하게 생각했다.
'퇴근 시간 정확하고 노조 활동도 할 수 있으니까 괜찮겠

지. 학교면 다른 곳보다는 깔끔하겠지.'

내가 입사한 날, 계약직 교사 세 명이 함께 첫 출근을
했다. 부장 선생님은 우리를 불러 세우더니 나에게 당부했
다. "앞으로 승은 씨가 이 선생님들 잘 도와주세요. 교실 잘
청소하고 힘든 일 있다고 하면 무조건 해주고." 내 원래 업
무는 각 교과교실을 관리하는 것이었지만, 업무가 워낙 모
호하게 명시되어 있어서 온갖 일을 다 맡아야 했다. 계약
직 선생님뿐 아니라 모든 선생님을 보조하는 게 내게 주어
진 역할이었다.

출근한 지 이틀째 되는 날, 나는 떡을 돌렸다. 한 선생
님이 전근을 가면서 떡을 샀는데 그 떡을 나누는 일은 자
연스럽게 나와 비정규직 동료에게 주어졌다. 학교에는 교
무실이 두 개였다. 내가 있는 교무실에서 꽤 떨어진 앞 건
물에 3학년 교무실이 있었다. 나는 동료와 함께 무거운 떡
을 들고 다니면서 자리마다 올려놨다. 문제는 학교 내 대
소사가 꽤 많다는 점이었다. 적어도 일주일에 두 번 이상
결혼, 전근, 학부형의 선물로 무언가가 자주 오갔는데, 떡
이고 빵이고 온갖 먹거리를 나누는 일은 나에게 주어졌다.
그때마다 나는 '교무실마다 한두 사람씩 와서 가져가면 될
일을 왜 굳이 일을 만들어서 시키지?'라는 생각을 지울 수

없었다.

학교에서는 일주일에 두세 번씩 회의가 있었다. 전체 회의, 학년 회의, 교과 회의. 나는 각 회의 때마다 차와 간식을 준비해야 했다. 하루는 간식을 준비하고 문밖으로 나서는데, 들어오던 남자 선생님들 무리에서 큰 소리가 나왔다. "아, 예쁜 선생님이 주니까 차가 더 맛있을 거 같네!" 그 자리에 있는 모두가 껄껄 웃었다. 그 후에도 비슷한 상황이 반복됐지만 나는 감사합니다, 라고 말하고 재빨리 자리를 피할 수밖에 없었다.

내 직속 상사였던 부장 선생님은 사회복지 대학원 야간반에 다녔다. 본인 자리 바로 앞에 내 자리를 배치하곤 시시때때로 나를 찾았다. 승은 씨, 내가 대학원 과제를 다 못 했는데 승은 씨가 대학원에서도 사회복지과였잖아? 이것 좀 도와줘요. 승은 씨, 통계자료를 좀 찾아줘요. 승은 씨, 승은 씨, 승은 씨. 그렇게 나를 찾던 부장 선생님이 유일하게 나를 찾지 않는 순간이 있었다. 다른 선생님들에게 음료수를 돌리거나 소소한 나눔을 할 때, 언제나 나와 동료의 것은 없었다. "항상 이런 식이야. 부려먹을 때만 찾고, 챙길 때는 쏙 빼." 오랫동안 학교에서 일했던 동료가 말했다. 동료의 말처럼 사소하게 챙겨받는 일에서는 물론 회식 자리에서도 당연히 우리는 제외됐다.

하루는 교무실 자리배치도를 만드는데 교감 선생님이 오더니, "이 사람들은 선생도 아닌데 괜히 헷갈리니까 구석으로 옮겨"라며 나와 동료의 자리를 구석으로 배치하라고 시켰다. 얼굴이 화끈거렸다. 학생들과 선생님들 앞에서 굳이 그렇게 표현해야 했을까. 학교에서 내가 "선생도 아닌" 존재란 걸 이미 알고 있었지만 굳이 확인시키는 교감이 야속하게 느껴졌다.

같은 교무실, 같은 학교 아래 있지만 그들과 나는 달랐다. 나는 유니폼을 입지 않았지만 뚜렷한 유니폼을 입고 있었다. 학교 내에서 선생님도 학생도 아닌 그 외의 존재였고, 눈에 띄는 순간 아무리 자잘한 일이라도 무언가를 시킬 수 있는 사람이었다. 내가 어떤 업무를 맡고 있는지 나뿐 아니라 모두가 몰랐으므로 그때의 나는 '심부름꾼'이라고 스스로 명명했다.

그 넓은 건물 가운데 잠시라도 마음 편히 쉴 한 평의 공간이 없었다. 힘들 땐 사람들의 시선을 벗어나고 싶어서 인적 드문 화장실 변기통에 앉아 있기도 하고, 가끔은 교과교실을 청소한다는 핑계로 국어교실을 찾기도 했다. 국어교실에는 시 전집이 꽂혀 있었는데, 한 권씩 뽑아서 시를 훑다 보면 시간이 금방 갔다. 그때만큼은 내가 다른 세계에 존재하는 느낌이었다. 그러다가 종이라도 치면 학생들이 들어올까 봐 후다닥 자리를 피해야 했다.

저녁 여섯 시면 정시 퇴근을 할 수 있었고 적지만 안정적인 수익이 보장되는 날들이었지만, 나는 왜인지 한없이 무기력했다. '일과 일상의 분리'라는 말로는 다 담을 수 없었다. '이 일은 내가 아니다, 내 삶이 아니다'라고 주문처럼 중얼거려보아도 소용이 없었다. 결국 얼마 안 가 일을 그만두었다. 이후 인문학카페를 오픈했고, 전혀 다른 노동의 세계를 살아가느라 그 시간을 잊고 있었다.

우연한 기회에 한동대학교 청소노동자 간담회에 참석하게 됐다. "교직원들 자리마다 작은 쓰레기통이 있는데 그것도 우리가 치워야 해요. 자기들이 할 수 있는 건 스스로 하면 되는데 뭐든지 우리에게 시키려고 하니까…. 그 일을 하려면 우리는 30분 일찍 나와서 일을 해야 하거든요." 한 청소노동자의 증언을 들으며 잊고 지내던 학교에서의 기억이 떠올랐다.

"학교에 무밭이 있었어요. 노조가 생기기 전까지 우리 업무 중에는 무밭을 가꾸는 일도 있었어요." "어떤 건

물에는 우리가 쉴 공간이 없어요. 청소하다가 힘들면 학생들이 없을 때 휴게실에 앉아서 음료수를 마셔요. 그러다가 학생들이 오면 불편할까 봐 얼른 자리를 피해요." "노조가 생기기 전에는 언어폭력이 심했어요. 처음 노조 만든다고 했을 때 노조는 아무나 만드느냐, 청소나 잘하라던 사람도 있었어요. 만들고 나니까 그런 말 못 하던데요. 내가 그 사람들 얼굴 다 기억해요. 끝까지 기억할 거예요."

한마디 한마디가 이어질 때마다 온 감각이 열렸다. 익숙한 차별의 감각이었다. 차별의 타래를 따라가다 보니 다시 한 장면이 떠올랐다. 내가 학교를 그만둔다고 했을 때, 나와 함께 입사했던 계약직 선생님이 정규직 선생님으로부터 무시당해서 힘들다고 나에게 하소연한 적이 있었다. 학교는 이미 촘촘하게 차별로 엮여 있었다.

사실 학교뿐 아니라 사회 전체가 그렇다. 특히 여성노동자는 기본 업무 외에도 '성 역할'을 요구받는다. 차 심부름, 손님 접대를 비롯한 감정노동·돌봄노동은 여성의 기본 업무로 정해진다. 업무 외 추가 노동임에도 노동으로 인정되지 않는다. 매일 반복되지만 드러나지 않는 가사노동처럼, 직장에서도 여성의 추가 노동은 손쉽게 지워진다. 주부와 청소노동자에 대한 사회적 차별은 이러한 인식과 연결

될 수밖에 없다.

차별이 존재하는 한 누구도 자유로울 수 없다. 이것은
엄마만의, 청소노동자만의, 나만의 문제가 아니다. 투명인
간을 거부하고 실재하겠다는 사람의 외침은 그래서 언제
나 소중하다. 작은 강의실에서 울렸던 청소노동자의 목소
리는 내 목소리이기도 했다. 그것은 우리 모두의 목소리여
야 한다.

"학생들, 기숙사 복도에서 신발을 신발장에 넣어주기
만 해도 우리 일이 훨씬 줄어들어요. 안 그러면 하나하나
다 신발장에 집어넣고, 청소하고, 다시 꺼내봐야 하거든요.
그것만 부탁해도 될까요?" 한 청소노동자의 말에 엄마의
목소리가 겹쳐졌다. "양말 뒤집지 말고, 입었던 옷은 바닥
에 팽개치지 말고 세탁기에 넣어줘. 안 그러면 내가 일을
두 번해야 해."

나의 편리함은 누군가의 불편함을 수반한다. 나의 게
으름은 누군가의 노동에 기대어 누리는 권력이다. 나는 오
늘 얼마나 많은 노동에 기대어 편리함을 누렸을까. 얼마나
많은 차별 속에서 모른 척 편리함을 누렸을까.

○ 내가
불쌍해 보이나요 ○

글을 쓰는 게 괴롭다고 느낄 때가 있다. 하나둘 기억을 꺼내다 보면 서른 해 가까이 내가 가해온 폭력과 당했던 폭력이 빈 종이에 가득 찬다. 겪었던 일을 조각조각 모아놓으면 내가 봐도 너무 비현실적이어서 주저하게 되는 경우가 많다. 이게 정말 내가 다 겪었던 일인가? 다 공개해도 되는 걸까? 내가 너무 우울한 사람으로 보이면 어떡하지?

말하고 싶은 나와 망설이는 나 사이에서 타협해가며 간신히 글을 추리지만, 돌아오는 반응은 염려했던 것과 비슷하다. "이런 일을 겪다니… 불쌍하다." "막장이네." "글로 쓰는 용기가 대단하다." 언뜻 달라 보이는 반응 속에는 내가 '유별나게 불쌍한 여성'이라는 공통된 인식이 있다. 나는 곧 타자화되어 고립된다.

《일다》에 연재한 '데이트성폭력' 글에는 이런 댓글이 달렸다. "너무 자극적인 이야기라 보는 이에 따라서는 글쓴이를 다시 보게 하는군요. 물론 생각이 전부 다르겠지만 꼭 적나라하게 표현할 필요는 없을 것 같은데요. 제가 보기에 내용이 너무 자극적이어서 소재의 빈곤 때문 아닌가 봅니다."

글 쓸 소재가 없어서 자극적인 데이트폭력 경험을 적나라하게 표현한 것 같다는 댓글 내용을 보며 웃음이 나왔다. 그리고 이내 화가 났는데, 이유는 악플 그 자체 때문이 아니었다. 그가 말하는 '자극적인 사연'이 꽤나 '일상적인 일'이라는 걸 아마 그 사람은 상상도 못 할 거라는 점에서 불현듯 화가 났다.

그 일이 있기 며칠 전 가졌던 친구들과의 술자리가 떠올랐다. 이런저런 이야기를 나누는 사이, 불과 몇 시간 만에 영화나 소설보다 더 허구 같은 이야기가 각자의 삶 속에서 술술 나왔다.

내 친구의 어머니는 결혼 초부터 20년 넘게 식당 일을 하면서 친구와 동생을 키웠다. 집에만 있으면서도 가사노동에 손끝 하나 대지 않았던 아버지는 평생 이중의 노동으로 고생한 어머니에게 자주 폭력을 행사했다. 그러다가 몇 년 전, 다른 지역에서 한 여성과 살림을 차렸다. 상대 여성은 남편과 사별한 상태이고 20대 아들이 둘 있는데, 그 지역에서 아버지는 무척 자상한 남자라고 소문이 났다고 한다.

친구의 아버지는 어머니와 이혼하지 않고 일주일에 며칠은 어머니에게 와서 지낸다. 한번은 어머니가 힘들다고 아버지에게 따지자, 아버지는 어머니를 병원에 입원할 정도로 무자비하게 폭행했다. 퇴원한 어머니는 깊은 절망감에 죽으려고 농약을 마셨다. 가까스로 깨어난 어머니에게 친구의 아버지는 "그냥 죽지 그랬느냐"며 여전히 폭력을 반복한다고 한다. 그럼에도 친구의 어머니는 남편과 이혼하지 못한다. 생계와 일상 모든 것이 어머니의 노동으로 이뤄져 있지만, 남편이 없는 삶을 상상해보지 못한 어머니는 그래도 아버지가 있어야 한다며 폭력을 견디고 있다.

다른 친구의 이야기. 친구의 언니는 스물다섯 살에 결혼했다. 어릴 때부터 폭력적인 아버지 밑에서 자란 언니는 성인이 되자마자 도피하듯 결혼했다고 한다. 결혼 15년 차, 40대 초반인 언니에게는 아들이 셋 있다. 결혼할 때부터 언니를 무시하고 언어폭력을 일삼았던 언니의 남편은 사업을 핑계로 언니 앞으로 몇 억의 빚을 졌다. 언니는 시부모님과 함께 살면서 집안일 모두를 도맡으며 남편 일도 도왔다.

얼마 전 언니의 남편은 언니에게 더는 같이 못 살겠다고 일방적으로 통보하고, 돈 한 푼 남기지 않고 집을 나가버렸다. 시부모님은 오히려 언니를 탓했고, 언니는 자신 앞에 놓인 빚과 아이들 때문에 당장 어쩌지 못하고 시부모님을 모시며 살고 있다. 그 후 언니의 남편이 다른 여자와 시내를 활보하며 데이트하는 모습이 목격됐다고 한다. 주위 사람들은 "애들이 불쌍하다"며, 언니에게 어떻게든 참고 현실적으로 생각하라고 타이른다고.

다음, 그다음 이야기가 이어질수록 말하는 이와 듣는 나조차 헷갈린다. 이게 정말 현실에서 일어난 일인가? 장밋빛 미래, 연애, 결혼을 꿈꾸며 상상의 나래를 펼치던 친구들과의 시간은 이미 옛일이 됐다. 술잔을 기울이다가 한 친구가 말했다. "막장 드라마 보면서 욕했었는데, 현실이 더 막장이다 정말." 지금 우리가 마주하고 있는 이 세계는 현실일까, 영화일까, 소설일까. 혹은 모두 거짓일까.

영화 〈미씽: 사라진 여자〉를 봤다. 영화 속 두 여자 주인공이 겪는 사회적 고립, 차별, 폭력을 보며 내 주위에 있는 많은 사람의 얼굴이 떠올랐다. 아버지의 폭력을 참고 사는 어머니, 남편과 시댁의 폭력에서 벗어나지 못하는 언니, 수치와 상처를 안고 사는 친구들과 나의 모습이 스쳐 갔다. 왜 우리는 영화보다 더한 일상을 살고 있을까. 질문의 끝에 다다르자 서러움에 눈물이 흘렀다.

실컷 울고 영화관을 나서는데, 뒤에 있는 커플의 목소리가 들렸다. "이거 너무 막장 아니야?" "그러게, 너무 스토리가 그렇다. 이런 영화 보고 우는 사람도 있더라." 순간 나는 그들에게 말하고 싶었다. "아니요, 이거 정말 현실적인 영화인데요. 현실이 훨씬 더 막장인데요. 제 친구의 어머니는요…."

어떻게 하면 자신이 겪어보지 못한 타인의 삶에 공감으로 다가갈 수 있을까? 소재가 자극적으로 보이면 특수하거나 비현실적으로 여겨질 것 같아서 글쓰기가 망설여진다. 그렇지만 내 삶은 내가 써왔던 글보다 더 '자극적인 것'뿐인걸. 나는 내 글이 편지처럼 누군가의 일상에 닿길 원하지만, 편지는커녕 보기 좋은(혹은 경각심용으로) 액자로 전시되곤 한다. '어느 안타까운 사연'으로 동정과 냉소 사이에 존재한다. 그런 때면 홀로 허공에 외치는 느낌이다. 그래서 나는 글쓰기가 어렵다.

누군가는 내게 밝은 글도 쓰라고 말한다. 당연하게도 내 삶에는 여러 측면이 있다. 밝고, 가볍고, 기쁘고, 행복한 순간도 있고, 사실 무의미하게 흘러가는 시간이 대부분이다. 그럼에도 내가 고통의 글쓰기를 멈추지 않는 이유는, 고통을 외면한 희망의 언어보다 고통을 응시하는 정직한 절망의 언어가 나를 살아 있게 한다고 믿기 때문이다. 글을 쓰는 동안에는 적어도 스스로를 외면하지는 않으니까. 가끔씩 내 글이 어떤 이의 삶에 당도했다는 기별이 돌아오기도 하니까. 그럴 때 나는 뜨거운 위안을 느낀다.

한 남성이 내게 말했다. "저는 승은 씨 글에서 나오는 사례들이 설마 실제로 있는 일일까 싶었어요. 그래서 처음엔 지어낸 건 아닌지 의심하기도 했어요. 그런데 제가 자주 가는 카페에 앉아서 가만히 주위의 소리에 귀 기울여 보니까 정말 그럴 수 있겠구나 싶더라고요. 타인에 대해 쉽게 말하는 사람이 많다는 걸 새삼 깨달았어요." 다행히 그는 나를 통해서 처음 느꼈던 낯선 세계가 자신의 세계와 무관하지 않다는 걸 알게 되었다고 했다. 이런 때면 용기를 내서 글을 쓰길 잘했구나 싶다.

나는 앞으로도 절망을 응시하고 싶다. 그 절망을 글로 옮기고 싶다. 나의 글은 자주 다짐으로 끝나지만, 이번만은 바라는 점이 있다. 나를 불쌍하게 보지 말아달라. 나는 불쌍하지 않다. 나는 당신과 다르지 않다. 당신과 나 사이, 그 속에서 일어나는 일을 보고 느껴달라. 그 일을 함께 책임져달라.

프리모 레비는 평생 '경험한 자아'와 '말하는 자아' 사이의 간극에 시달렸다. 홀로코스트 피해자가 그 비극을 경험하지 않은 '특권'을 가진 자에게 베풀어야 하는 배려와 관용. 나는 이 부정의를 참을 수 없다. 나는 이것이 우리 사회에서 고통·폭력·슬픔이 연구되기 어려운 이유라고 생각한다. 고통은 피할 수 없다. 그러나 고통이 언어화될 때만이 우리는 위로받을 수 있다. 내 고통이 역사의 산물이라는 인식만이 우리에게 위안을 준다.

— 정희진, 《아주 친밀한 폭력》 중에서

내가 고통의 글쓰기를
멈추지 않는 이유는,
고통을 외면한 희망의 언어보다
고통을 응시하는 정직한 절망의 언어가
나를 살아 있게 한다고 믿기 때문이다.

○ 학교 밖 청소년,
　이대로도 괜찮아요　　　　　　　　　　　　○

아침 아홉 시에 울린 전화. 학교를 그만두고 방 밖에 나오
지 않는 중학교 3학년 손주를 어떻게 해야 좋겠냐는 낯선
할아버지의 전화였다. 경기도 이천에 사는 분이었는데, 멀
리 춘천까지 알아보고 전화를 주실 만큼 절실한 마음이 느
껴져서 그냥 지나치기 어려웠다. 심각하게 걱정하는 할아
버지에게 손주가 이상한 게 아니라 그러는 게 자연스러운
과정일 수도 있으니 너무 걱정하지 마시고, 함께 우리 카
페에 오시면 좋겠다고 말씀드렸다. 할아버지는 상기된 목
소리로 그럼 손주와 며느리에게 물어보고 연락을 주겠다
고 하시곤 전화를 끊으시더니, 그 뒤로 연락이 없었다.

할아버지의 전화를 받고 얼마 후에 한 중년 부부가 카페에 찾아왔다. 고등학교 1학년이 되는 큰아들이 학교 폭력으로 학교를 그만두게 되었는데, 학교 밖에서도 아들을 이해해주는 사람이 아무도 없어서 걱정스러운 마음에 찾아왔다고 했다. 아들이 조금 느리고 여린 편이어서 또래 아이들과 소통하는 데 어려움이 있었는데, 믿었던 선생님조차 아들을 이상한 아이 취급하니까 자신들도 서서히 '우리 아이가 문제인가'라는 생각을 하게 되었다고 했다.

학교에 적응하지 못하는 게 학교폭력을 당한 아들의 문제라니, 부부의 말을 듣다가 울컥한 나는 두 분에게 오히려 아드님이 건강한 것일 수 있다고 말씀드렸다. 학교의 강압적인 위계질서, 무한 경쟁 속에서 적응하지 못하는 건 문제가 아니라고 말했다. 나도 청소년기에 학교에 적응하지 못했고 학교뿐 아니라 사회에서도 적응하지 못했지만, 지금은 내 부적응이 오히려 새로운 일터와 일상을 창조하는 데 훨씬 큰 영감과 도움을 주었다고 알려드렸다.

어머니는 처음으로 아들의 존재를 다른 사람으로부터 이해받았다며 연신 고맙다고 하셨다. 그 뒤로 아들과 함께 종종 카페에 찾아오셨다. 처음 만난 아들은 나와 팀원들에게 "사랑한다. 벌써 정든 것 같다"고 솔직하게 고백할 정도로 정과 사랑이 많은 친구였다.

"나 이대로 괜찮을까요?" 사람들은 이 질문을 품고 카페에 온다.

나는 열일곱 살에 학교를 그만두었다. '학교 밖 청소년'이라고 하면 으레 사고를 치거나 지나치게 외향적이어서 문제를 일으킨다고 생각하지만, 학교가 개개인을 담지 못해 그만뒀다는 공통점만 있을 뿐 모두에겐 각기 다른 성향과 사정이 있다. 나는 매일 반복되는 일상이, 성적순으로 줄 세우는 문화와 폭력적인 학교 내 관계가 적응되지 않아서 학교를 그만두었다.

틀린 문제만큼 손바닥을 맞아야 했던 과학 시간, 귓등과 목을 어루만지던 남자 선생님, 화장을 단속한다고 반 아이들의 얼굴을 휴지로 벅벅 문지르고 렌즈를 꼈냐며 눈 하나하나를 손가락으로 벌려서 확인하던 학생부 선생님의 모습이 폭력적으로 느껴졌다. 하지만 나와 친구들은 덜 맞으려고 열심히 과학 공부를 하고, 화장하고 렌즈를 끼고 싶은 걸 참고, '변태' 선생님을 이리저리 피하는 수밖에 없었다.

머리, 얼굴, 교복, 운동화, 양말, 코트 색깔, 가방 색깔까지 단속했던 또래 선도부는 선생님과 닮은 모습으로 나를 압박했다. 공부 잘하는 아이들은 공부 못하는 아이들을 무시했고, 소위 잘 노는 아이들은 그렇지 않은 아이들을 무시했다. 이도 저도 아닌 학생이었던 나는 설 자리가 없었기 때문에 당장에라도 그 분위기에서 빠져나오고 싶었다. 막연하게 '이건 아니다' 싶은 것들이 쌓였다.

당시 아빠는 나에게 "학교 따위 안 다녀도 괜찮다"고 말했다. 나중에서야 아빠가 뒤에서 내가 혹시 학교폭력 때문에 너무 상처를 받은 건 아닌지, 사회에서 계속 도태되면 어떡할지 한참을 고민하고 여기저기에서 조언을 구했다는 사실을 알게 되었다. 아마도 우리 카페에 전화를 주었던 할아버지와 카페에 찾아온 부모님의 마음은 그때의 내 부모님 마음과 다르지 않을 것이다.

학교를 그만두고 2년 동안 아무것도 하지 않고 시간을 보냈다. 가끔 저임금 아르바이트를 하거나 자기계발서를 읽었지만, 내가 어디로 가야 할지 누구를 만나야 할지 몰라 주로 집에서 고민만 하며 시간을 보냈다. 학교를 그만두고 자유로운 시간이 많이 생겼어도 나에게 주어진 선택지는 '검정고시'와 '대입' 아니면 '취직'뿐이었다. 학교를 나와도 내가 선택할 수 있는 길은 비슷하게 주어졌다.

성인이 되어서도 고민은 이어졌다. 절박한 마음으로 찾아갔던 심리상담소에서 나는 "이상적인 것을 쫓는 전형적인 피터팬 유형"이라는 말을 들었다. 투철한 경영학도였고 '돈 많이 버는 사람'이 꿈이었던 당시 남자친구에게는 "현실적이고 성실하고 이성적인 사람이네요"라는 평가가 따랐다. 그는 날 보며 역시 너는 그럴 줄 알았다며 웃었고, 나는 반박할 말을 찾지 못해 따라 웃을 수밖에 없었다.

"어릴 땐 이상적이어도 괜찮지만 나이가 들면 현실을 알아야 한다"는 조언을 밥 먹듯 들었던 20대 중반. 잠시 인턴 생활을 해보고 취직을 해보기도 했지만, 역시 나에게는 맞지 않는 걸 느끼고 그만두었다. 아르바이트, 대학 생활, 심지어 시민단체나 진보적인 단체에서도 느꼈던 수직적 관계의 불편함과 얼른 무언가를 이뤄야 한다는 성과주의에 질려서 무리를 이탈하기 일쑤였다. 그럴 때마다 내가 아무 곳에도 적응하지 못하는 불평 덩어리라는 생각에 괴로워하며 오랜 시간을 보냈다. 있는 그대로의 내 모습을 이해받을 곳이 없었다.

안 가본 단체가 없을 만큼 '이해받을 곳'을 찾아 헤매다가, 우연한 기회에 같은 고민을 가진 사람들을 만나게 되었다. 학교와 직장을 그만두고 여러 활동을 했지만 맞는 곳이 없어서 스스로가 이상하게 느껴졌다는, 그래서 무척 우울해하는 청년들. 나와 같은 고민을 하는 사람들을 만나니 '나 이대로 괜찮구나'라는 느낌이 들었다. 더 이상 맞는 곳을 찾아 헤매지 말고 스스로 창조하고 싶었다.

그렇게 2013년에 인문학카페36.5°를 오픈했다. 예민한 자신을 조금 덜 의심하고, 나만의 이유로 일하고, 서로 존중하며 관계를 맺고, 관습에 얽매이지 않고 우리만의 일상을 살아갈 수 있으니 전보다는 훨씬 안정적인 공동체를 유지할 수 있었다.

가끔 생각한다. 드디어 나는 '학교 밖'에서 온전한 자리를 찾은 걸까? 카페를 오픈한 지 4년이 넘은 요즘도 나는 종종 무기력함을 느끼곤 한다. 돈이 없으면, 월세가 오르면 언제든 공간이 사라질 수 있다는 사실과 미래에 대한 막연한 불안함은 여전히 나를 따라다닌다. 우리가 이 사회 속에서 살아가는 한, 앞으로도 이러한 무기력과 불안에서 온전히 자유로워지긴 어려울 거라는 걸 이제는 안다.

그러나 같은 불안이 있더라도 예전과 다른 점이 있다. 그건 사람들과 '함께 무기력하다'는 점이다. 지금 우리 공간에는 당시의 나처럼 고민하고 방황하는 사람들이 찾아온다. 여태까지 이뤄놓은 게 없다고 닭똥 같은 눈물을 흘리는 중학생, 청소년기의 연장선처럼 끝없이 주어지는 과업에 숨 막힌다는 대학생, 직장 생활이 너무 답답해서 그만두고 나왔지만 무엇을 해야 할지 막막해서 한없이 우울해진다는 청년, 불평등한 걸 알지만 당장 이번 명절에도 기름 냄새 질리도록 맡으면서 시댁에서 전만 부치고 왔다고 하소연하는 여성…. 사람들의 고민과 뒤척임 속에서 내 오랜 고민이 겹쳐진다.

돌고 돌아 카페를 찾아오는 사람들을 만나면 우리는 열심히 서로의 지난 시간을 묻고 듣는다. 사실 카페에 찾아와도 나나 팀원들이 할 수 있는 건 "당신이 이상한 게 아니다. 당신 잘못이 아니다"라는 말밖에 없다. 학교·직장·관습 밖에서도 어떻게든 삶이 이어질 수 있다는 걸 자연스럽게 보여주고, 타협의 수위를 조절해가며 흔들리면서 살아가는 여정을 함께 나눌 수 있을 뿐이다. 이 사회에서 무기력해지는 게 자연스러운 일이라는 걸 함께 공감하는 것만으로도 계속 살아갈 힘이 생긴다.

언젠가는 "이런 공간을 만들어줘서 고마워요. 나만 이상한 줄 알았는데 다 같이 이상하다고 생각하니 정말 위안이 돼요"라며 카페를 찾은 청년이 웃다가 울었다. 함께 눈시울이 붉어졌다. 나는 항상 나에게 맞는 뚜렷한 길을 찾아왔는데, 중요한 건 길이 아니라 이렇게 사소한 만남이 아니었을까, 생각했다.

방 안에서 혼자 고민하고 있을 할아버지의 손주가, "사랑한다"고 고백해온 그 친구가, '나 괜찮을까'라는 생각에 고민하며 잠 못 이룰 사람들이 부디 외롭지 않기를 바란다. 맨 정신일수록 더욱 무기력해지는 세상에서 우리 같이 흔들리며 살아보자고 말하고 싶다.

**새벽의 일기 #5:**

**불확실함을 받아들이기**

요즘 누구에게 가장 영향을 많이 받느냐는 질문을 받았다. 조금 고민하다가 나도 모르게 튀어나온 대답은 "여성 작가들이요"였다. 나는 한때 지독하다 싶을 정도로 남성 작가의 책만을 읽었다. 일부러 작가의 성별을 따지고 책을 읽지는 않았지만, 명료한 문장과 정확한 처방을 좋아했던 나는 그들이 내려주는 처방전이 좋았다. 지금도 방과 카페에 꽂힌 많은 책은 남성 작가가 사회·철학·경제를 정리하고 정의한 책이 대부분이다.

요즘 내가 가방에 한두 권씩 들고 다니는 책은 그때와 많이 달라졌다. 일주일 전부터는 이서희 작가님의 《유혹의 학교》를 들고 다니며 아껴 읽고 있다. 밑줄 쫙쫙 그으며 필사한다. 나에게 글과 삶의 태도를 알려준 은유 작가님의 《글쓰기의 최전선》도 항상 주위에 있(어야 하)는 책이다. 정세낭슬 작가님의 노래를 들으며 《다 큰 여자》를 읽으면, 즐겨 듣던 노래에 사연이 겹치면서 글도 음악도 훨씬 입체적으로 읽힌다. 해릴린 루소의 《나를 대단하다고 하지 마라》, 이진송 작가님의 《계간홀로》와 지리산 여자들의 잡지 《지글스》도 손이 닿는 거리에 두고 챙겨 읽는 잡지다. 명료한 처방은 없지만 기록으로 한 사람의 자리를 겪을 수 있게 해주는 책, 모호함의 진실을 알려주는 느낌의 책들이다.

읽는 책이 바뀌는 건 나를 둘러싼 언어와 세상이 바뀌는 것이다. 그래서일까. 내 주위를 채우는 사람도 변했다. 예전에는 사회에 대해 명징한 문제의식과 투쟁적인 결연함을 드러내는 사람들(나도 그런 사람이었고)을 좋아했는데, 요즘 내가 좋아하는 사람들은 대부분 명확한 언어를 쓰지 않는다. 오히려 명확하다고 믿었던 것에 의문을 제기하고, 항상 성찰하며, 확실함의 주위를 배회하는 사람들이다. 가령 폐지 줍는 노인에 대해 이야기하다가 "그분들을 도울 수 있는 방법이 뭘까?"라고 물었을 때, 내가 좋아하는 H는 "글쎄⋯ 누가 누굴 도울 수 있을까? 돕는다는 생각 자체가 누군가의 삶을 소외시키는 건 아닐까? 나는⋯ 돕는다는 말이 가진 위계·권력이 문제라고 생각해. 그러니까 타인의 삶을 신경 쓰지 말자는 건 아니지만 그 접근 태도가 바뀌어야 한다는⋯"

과 같은 말을 한다. 처음엔 '아니, 좋은 의도로 말한 건데 왜!'라는 생각이 들다가도 얼마 안 가 수긍하게 된다. 이런 대화는 나를 정의감으로 고양시키기보다 한풀 꺾이게 만들면서 부끄러움을 안겨준다. 부끄러움의 자리에는 성찰이 들어설 여지가 있다.

가까운 친구 K는 나에게 "나는 내 말로 너를 건드리고 싶지 않아"라고 말했다. 그는 "나는 너와 소통하려고 노력하지만, 너의 세월의 결과물인 어떤 부분을 내 말로 건드리고 싶지 않아. 내 말이 뭐라고, 너 스스로를 의심하게 하고 불안하게 하고 싶지 않아. 설사 너의 어떤 부분이 내 마음에 안 든다고 해도 난 너의 고유함을 좋아하니까. 그 부분을 빼고 다른 부분은 모든 에너지를 다해서 너와 소통하고 싶어"라며 나와의 정확한 소통 지점을 이야기했다. 처음이었다. 어느 정도 가까워지면 이내 서로의 인생을 통제하려고 하는 대다수의 관계맺음에서, 무관심이 아닌 존중으로 나에게 자리를 내주는 관계라니. 많은 사람을 만나고 어느 순간부터 관계에 능숙해진다고 스스로 생각했는데, 오히려 익숙한 관계맺음이 나를 무디게 만든다는 것을 깨달았다. 당연하다고 생각하고 맺어왔던 관계의 굳은살, 말의 굳은살, 생각의 굳은살을 벗겨내고 싶다. 그래서 더욱 그런 책과 사람을 가까이하고 있다.

리베카 솔닛은 우리가 명확한 언어를 구사하려는 것은 실패한 언어의 문제라고 했다. 불확실한 삶을 인정하고 견디기 어려우므로 자꾸 명료한 해답을 원하게 된다. 연인이나 결혼이라는 배타적 관계맺음, 모호한 감정에 이름붙이기, 꿈이라는 희망, 타인을 쉽게 침범하는 자세. 누군가 내 삶에 처방을 내려주길 바라는 마음, 확실한 의미를 추구하고 싶은 욕망은 여전하다. 하지만 명확한 관계맺음, 계획대로 흘러가는 인생은 없다는 것을 느끼며 나는 아주 조금 여유가 생겼다. 자주 부끄러워하며 불확실함을 받아들이는 연습 중이다. 아, 그럼에도 싫은 건 '정확하게' 싫다.

언제나 배타적 선택이 필요하지는 않다. 때로는 지나가는 계절처럼 누리되 취향을 가미할 뿐임을 알게 되면서 선택을 누릴 수 있는 힘이 생겨난다.

— 이서희, 《유혹의 학교》 중에서

## 새벽의 일기 #6:
## 무기력한 가을

비가 내린다. 예전에는 비가 오면 아련한 음악을 들으면서 추억에 빠지곤 했는데, 요즘은 카페 스터디룸에 물이 새진 않을지 가장 먼저 생각한다. 오늘도 아침에 눈 뜨자마자 들리는 빗소리에, 스터디룸이 괜찮을까 생각했다. 눈꺼풀만큼 몸이 무거웠다. 평소에도 그랬지만 유난히 밥을 해먹기 귀찮아서 배달 음식 목록을 뒤적였다. 이렇게 비가 내리는 날에는 오토바이 운전이 위험하겠지, 잠시 생각했지만 당장 해먹을 게 없고 몸이 무겁다는 핑계로 떡볶이·튀김을 시켰다. 20분도 되지 않아 도착한 젊은 남자는 우비를 쓰고 있었지만 흠뻑 젖은 상태였다. 그는 나에게 "주문해주셔서 감사합니다"라고 크게 말하고 돌아갔다. 다이소에서 시간마다 "안녕하세요, 행복을 주는 다이소입니다"와 같은 인사말을 듣거나, 종일 서서 계산하는 계산원에게 "감사합니다, 안녕히 가세요"라는 말을 들을 때처럼 마음이 편치 않았다. 내가 더 감사하다고 말씀드리고 집으로 들어와서 책상 위에 젖은 봉지를 올려놓았다. 따뜻한 어묵 국물과 떡볶이를 먹었다. 그렇게 누군가의 안전과 맞바꾼 한 끼로 배를 한껏 채우고 집을 나섰다.

비가 오는 날은 카페에 손님이 없는 편이다. 거리에 오가는 사람도 드물다. 오랜만에 창가에 앉아서 텅 빈 거리를 가만히 바라보았다. 따뜻한 아메리카노를 홀짝홀짝 마시면서 이 생각 저 생각에 잠겼다. 요즘 나는 항상 해야 할 일에 치이고 뭔가에 쫓기듯 산다. 상상하는 일, 추억을 곱씹는 일도 '딴 짓'처럼 느껴져서 불안해진다. 그런데 이렇게 앉아서 생각이 몽실몽실 피어오르다니, 본격적으로 딴생각하기로 마음먹었다.

여전히 바빠서 힘들다고 볼멘소리를 할 때도 있지만, 어느새 나를 둘러싼 세계가 나의 결로 채워지는 걸 느낀다. 만나는 사람, 머무는 공간, 읽는 책, 일상과 노동 같은 내 삶의 토대가 조금씩 정돈되고 있다. 그래서 굳이 몽상이나 상상이 덜 필요했던 것인지 모른다. 한때 내 별명은 '몽상가·피터팬'이었다. 가족, 학교, 직장, 위계적 관계와 같이 내 옷이 아닌 것을 입은 듯 불편했던 날에 내 일기장은 분노와 우울, 외로운 언어로 가득 찼었다. 항상 적혀 있던 말, "일과 일상이 분리되지 않았으면 좋겠다, 내 리듬으로 살아갈 수는 없을까." 하지만 일기장 밖 일상은 내가 꿈꾸는 세계와는 전혀 다른 세계였다. 극복할 수 없는 굴레가 나를 꽁꽁 싸매고 있다고 느꼈다. 주위 사람 모두가 '이렇게' 살아가고 있을 때 '다르게' 살고 싶다고 말한 나는 주로 외톨이였다. 불편하다, 이기적이다, 이상적이다, 사회를 모른다, 라는 말은 나를 대표하는 수식어였다.

요즘 나는 이상적이라거나 사회를 모른다는 말을 듣지 않는다. 오히려 내가 보고 느꼈던 감각으로 사회를 해석하고 말할 때, "이런 시선이 있을 수 있구나"라는 말을 듣는다. 하나의 시선만이 허락됐던 어떤 세계에서 지금 내 위치 그대로의 세상을 보고 쓰고 말해도 수용 가능한 어떤 곳에 내가 존재하게 된 것이다. 그래서 내가 덜 상상하고, 덜 몽상했는지 모른다. 지금이 너무 편하니까.

그런데도 여전히 무기력이 밀려온다. 매번 느껴지는 허무, 괴로움, 기쁨과 열정, 그 사이를 넘나들면서 지내고 있다. 지금이 너무 좋지만 지금 이대로는 안 된다는 생각도 들고, 아무것도 안 하고 떠나고 싶은 마음이 굴뚝같이 밀려오기도 한다. 내 욕심인지 만성적인 불안인지 모르겠다. 요즘 매일 밤 두통에 시달린다. 파스를 붙이고 진통제를 달고 살아도 눈에서 느껴지는 압력에 시야가 핑 돈다. 마음이 편해지고 싶은데, 그럴 수 있을까 싶다. 내가 왜 이러는 걸까? 존재 본연의 외로움과 불확실함을 받아들이기로 다짐하면서도, 나는 매번 같은 자리에서 멈춘다. 좋아하는 가을이 가고 있다.

**4**

연결되면
좋겠습니다

경기도에서 한 청년이 카페에 찾아왔다. 그는 세상이 너무
부조리하다면서 "직장 생활을 하면서 자본주의가 얼마나
문제인지 알게 됐어요. 예전부터 카페 입간판 보면서 이런
데서 일하고 싶다고 생각했는데… 직장 그만두고 꼭 같이
일하고 싶어요"라며 열의를 보였다. 춘천에 아무런 연고가
없긴 하지만 당장에라도 이사 올 수 있으니 꼭 자신을 직
원으로 채용해달라고 했다. 열정적인 모습이 고맙게 느껴
졌지만 함께 일할 여건이 안 돼서 채용하진 못했다.

　　몇 달이 지나고 우연히 그의 페이스북에서 "김치녀들
의 실체"라는 제목의 게시물을 보았다. 김치녀페이지에서

공유한 글이었는데, 여성들이 시댁에 돈은 요구하면서 정작 시댁은 기피한다며 비하하는 내용의 게시물이었다. 나는 그가 보였던 모습과 게시물 속 비하 발언이 이질적으로 느껴져서, 그가 뭔가 오해를 하는가 보다 생각하고 댓글을 달았다. '김치녀'라는 여성 비하 표현을 쓰는 건 아닌 거 같다고, 정의를 추구한다고 말했던 너의 모습이 낯설게 느껴진다고 말했다. 그러자 그는 한국 여자들의 이중 잣대를 더욱더 강조하며, 당신도 그런 거 아니냐며 오히려 나를 몰아붙였다.

몇 번의 댓글이 오간 뒤, 더는 서로 말이 통하지 않을 거 같다고 판단하고 연락을 끊었다. 그 뒤로도 한참 동안 정의를 외치며 김치녀를 욕하던 그의 모습이 분리되고 겹쳐지면서 섬뜩하게 아른거렸다. '카페에서 같이 일을 하지 않길 정말 다행이다' 싶은 안도와 함께 '대체 왜 그러는 걸까' 하는 의문을 오래 붙잡고 있었다.

돌이켜보니 그와 비슷한 지점에서 나를 불편하게 만드는 사람은 꾸준히 있었다. 이름이 '인문학카페'이고 입간판에 종종 사회의 부조리를 비판하는 글을 썼기 때문인지, 주로 정의감에 불타는 청년들이 카페에 찾아왔다. 그들은 역사철학·과학 등의 풍부한 지식으로 사회 부조리를 비판하면서도 종종 수위를 넘나드는 발언을 했다. 한참 국가권력을 욕하다가 "박근혜는 여자라서 열등하다"는 식으로 결론을 내는 친구도 있었고, "결혼을 안 해서 여자인데도 모성애나 따뜻함이 없다" "결혼한 여자가 진짜 여자들을 대변할 수 있지"라며 비혼을 폄하하는 친구도 있었다. 카페 운영진이 모두 여자였음에도 "여자들은 정치에 관심이 없어서 문제야"라는 말을 하거나, 외모 지적을 하거나 무례한 농담을 하는 것도 자연스럽게 여겼다.

아무리 웃자고 한 말이었어도 다른 약자를 비하하는 게 불편했지만, 그 불편함을 설명할 수 있는 언어가 없었기에 내 예민함의 문제라고 생각하고 넘어갔다. 당시 나는 무조건 '이명박근혜'만 욕하면 모두가 진보로 통하는 줄 알았던, '아름다운 세계 평화'를 꿈꿨던 순진무식한 사람이었다. 이 척박한 세상에서 부조리를 함께 바꿔보겠다고 찾아온 그들을 오히려 고맙게 여겼고, 곧 죽어도 화합해야 한다고 생각했기 때문에 문제를 크게 만들고 싶지 않았다.

카페를 오픈하고 2년 차에는 유독 활발하게 사업과 활동을 진행하면서 많은 사람이 모였다. 겉으로 보기엔 풍성하고 아름다워 보였지만, 내부적으로는 침묵(해야)하는 사람이 존재한다는 걸 뒤늦게 알았다. 인원이 많고 빠르게 확장되는 게 단순히 좋은 게 아니라는 걸 느꼈다. 결국 함께 활동했던 사람 반 이상과 결별을 선언했다. 아무리 미운 사람이었어도 누군가와 이별하는 건 힘들었지만, 시원한 마음이 더 컸다.

그 경험으로 배운 건 사랑과 정의·평화를 말하며 아름다운 미래를 이야기하는 건 쉽지만, 사소하다고 여겨지는 일상적인 폭력을 성찰하며 함께 맞춰나가는 건 무척 어렵다는 점이었다. 자신이 언제나 '피해자'라는 인식과 '운동가'라는 정체성을 내려놓고 나도 언제든 '가해자'가 될 수 있다는 생각을 갖는 건 무척 어렵다. 조심해야 한다고 생각하면서도 나도 여전히 실수하고, 내 모순과 생각 없이 뱉은 말과 태도를 두고두고 생각하며 부끄러워 숨고 싶을 때가 많으니까.

지금은 함께하는 인원은 줄었지만, 조심스러운 태도와 섬세한 감수성을 공유하는 사람들과 활동을 이어가고 있다. 설사 실수하더라도 "뭘 그런 걸 가지고 따져"라고 말하지 않는 사람들과 함께. 내가 좋아하는 임옥희 선생님은 함께 밥을 먹으러 갈 때 누구에게든 "혹시 채식하나요?"라고 묻는다. 당연히 '삼겹살에 소주 한잔' '치느님'을 외치는 문화에서 채식을 하냐고 묻는 태도는 무척 사소해 보이지만 사소하지 않은 배려를 담고 있다. 연애 상담을 하겠다고 찾아와서 "저는 이성애자 여자인데요"라고 우선 밝히는 청년도 있다. 으레 연애의 기본 값이 '이성애'인 사회에서 '굳이' 이성애자임을 밝히는 것도 중요한 감각이다. 누군가의 사생활(가족 환경, 연애 여부, 인적 사항 등)을 굳이 물어보지 않는 문화도 좋다.

이렇게 조심스러운 문화, 존중하는 문화 속에 살다 보니 이런 태도가 유별난 게 아니라 당연하게 느껴진다. 이건 도덕 선생님이 "거짓말하지 마세요"라고 말하는 것과는 다른 무엇이다. 거짓말은 어떤 맥락에서는 정말 '선의'가 되기도 하지만 혐오 발언은 어떤 맥락에서건 용납되어선 안 된다. 기분이 나빠서 무심코 뱉는 욕이라도, 웃자고 한 농담이라도, 일상적 문화라도 아닌 건 아니다. "뭘 또 그렇게까지"가 아니라, "내가 몰랐구나. 잘못했네"라고 말해야 한다. 지적받아서 기분 나빠할 게 아니라 마땅히 배우려는 자세를 가져야 한다. 내 사소한 생각과 말이 눈앞에 보이는 거대한 폭력에 돌 하나 얹는 행위라는 걸 안다면, 우리는 조금 더 낮아져야 한다. 보다 더 예민해져야 한다.

○ 소외된
  매력                                                    ○

"이제 어떤 인터뷰에서든 얼굴 촬영은 하지 않으려고 해요. 기사가 하나의 '이미지화'되는 순간, 말하고자 하는 메시지보다 이미지가 더 각인되는 것 같아요. 특히 한국사회 매스미디어 환경에서는 더 그렇죠. 포털사이트만 봐도 온통 여자 연예인, 다양한 여성들의 사진이 진열되어 있잖아요. 그런 환경에 익숙해졌는데 기사라고 해서 다르게 읽힐까요. 언론에서 여성은 어떤 말이나 행동을 해도 의미보다 외모가 전달되는 비중이 더 크다고 생각해요. 아니면 의미와 외모가 꼭 같이 붙어서 해석의 여지를 남기죠. '얼굴은 예쁜데, 얼굴도 예쁜데, 얼굴은(도) 못생겼는데, 성형수술을 했으니' 등으로요. 어차피 기사로 전달하려는 것이 메시지라면 내용에 집중하면 되지 않을까요?"

언젠가 한 인터뷰에서 "왜 사진을 찍지 않으려는 거냐?"라는 기자의 물음에 대한 답이었다. 그러자 다시 질문이 돌아왔다.

"외모뿐 아니라 언변·문구 등의 전달 방식이 다른 사람보다 매력적일 수 있잖아요. 그렇다면 그것을 적극 활용하는 것도 좋지 않을까요?"

질문을 받고 문득 한 지인에게서 들었던 말이 떠올랐다. 장애인인 그는 외모도 언행도 꾸밈없이 투박하고 진솔하다. 그런 그는 몇 년째 '장애인 인권'에 대한 목소리를 내고 있지만, 미디어에서는 물론 일상 속에서도 항상 투명인간 취급을 받기 일쑤라고 한다. 그런데 예쁘고 멋지고 똑똑한 '매력적인' 사람들이 장애인 인권을 말해주면 금세 이슈화가 되기 때문에 그런 방식이 씁쓸하면서도 반가울 수밖에 없다고 했다.

인문학카페에 대한 인터뷰를 할 때에도 마찬가지다. 가끔은 노골적으로 "같은 내용이라도 예쁜 사람 사진이 있으면 사람들이 한 번 더 들여다보는 게 현실"이라며, 최대한 사진을 잘 찍어서 보내달라는 분들이 있다.

보는 이로 하여금 같은 내용도 한 번 더 들여다보게 만드는 그 '매력'이 뭘까? 나는 그것이 사회적으로 통용된 '미美'와 '지知'의 기준과 분리될 수 없다고 생각한다. 주류 미디어에서 회자되는 사람들은 '외모'가 출중하거나 '지성'이 출중하여 세련된 말발을 갖춘 '매력적인 사람들'이 대다수다. 이러한 매력도 성별에 따라 부각되는 요소가 조금 다른데, 여자의 경우 예나 지금이나 외모가 가장 중요한 요소다. 꿀벅지·애플힙·S라인·V라인·베이글녀 등으로 얼굴에서 몸까지 세밀하게 분류되어 칭송받는다. 남자는 여자보다는 비교적 외모에서 자유로운 것 같다. 대신 '뇌섹남'이라는 말이 크게 공감을 샀듯, 똑똑하고 지적인 사람이거나 자기 분야에서 성공한(돈도 많은) 사람이 매력적인 사람으로 불린다.

지금 한국사회에서 발언권을 가진 사람들의 '매력'은 얼마나 다양성을 갖고 있을까? 미디어뿐 아니라 정치·출판·문화 역시 비슷한 매력을 추구하는 것 같다. 그러고 보면 매력도 하나의 유통 구조를 갖는 것만 같다. 그래서 '이미지 메이킹'이 득세하고, 내용 이전에 형식을 닦으려는 노력이 활발하다. 어떤 말을 할지 이전에 '말 잘하는 법'을 배우고, 어떤 글을 쓸지 이전에 '글 잘 쓰는 법'을 배우며, 어떤 삶을 살지 이전에 '남들이 인정해주는 대학·직장'을 꿈꾼다.

어쩌면 이렇게 '매력'이라고 불리는 기제가 우리가 '인간을 본연의 존재 그대로' 바라보지 못하게 하는 근본적 토대일 수 있는데, 하물며 사회운동을 하면서 목소리를 내는 우리의 방식 역시 주류 언론의 메커니즘에 따라야 하는 걸까?

"세련됨과 진정성은 다르다"라던 노동운동가 하종강의 말이 떠오른다. 언뜻 보아서는 세련된 옷차림을 하고 화려한 언변을 늘어놓는 사측과 그와 대비된 이미지의 노조를 보면, 겉으로 보기에 훨씬 부드럽고 매력 있는 쪽은 사측이다. 그러나 '사람다움·진정성·정의'라는 쉽게 보이지 않는 기준으로 그들과 마주하면 과연 누가 더 '매력적인 사람'인지 분명히 구분된다고 한다. 아마 가장 가까이에서 그 삶을 몸으로 겪고 느꼈기에 이런 통찰을 하는 게 가능했을 것이다.

나는 농민, 청소노동자, 미혼모, 학교 밖 청소년, 성소수자, 남녀노소 할 것 없이 많은 평범한 우리의 투박하지만 자연스러운 목소리가 존중받길 바란다. 하나의 매력적인 목소리에 다수의 목소리가 결집하는 것은 함께 '세상을 바꾸는 일'이 아니라 함께 '영웅을 만드는 일'일 뿐이다. 경제 대통령 이명박, 새정치 아이콘 안철수가 보여줬듯 영웅은 허상이다. 각자의 삶의 위치를 기반으로 한 구체적인 목소리는 어느 누가 대신 내줄 수 없다. '나'니까 살아온 경험에서부터 시작하는 것, 어려운 과정이지만 그렇기에 더욱 우리는 아래에서부터 퍼지는 풀뿌리민주주의를 지향해야 한다.

통일된 구호가 아닌, 더디더라도 각자의 목소리로 함께 가야 한다. 모든 획일화된 매력을 거부하는 이유이다.

○ 모두를 위한 카페
아닙니다                                    ○

카페 당번이 아니라서 손님인 척 카페 구석에 앉아서 글을 쓰고 있었다. 저녁이 되자 중년 남성 두 명이 오더니 조재에게 "아메리카노 둘"이라고 반말로 주문하곤, 자리에 앉자마자 큰 목소리로 "진보의 탈을 쓰고 페미니즘을 하는 사람들이 문제야"라고 말을 시작했다. 그리곤 "이 원두는 어디 거? 맛이 좀 진한데, 케냐? 만델링?"이라며 원두를 꼬치꼬치 묻는다. 오늘 글쓰기는 글렀다고 생각하고 모니터에서 눈을 떼다가 조재와 눈이 마주쳤다. 우리는 서로 위로의 눈빛을 주고받으면서 피식 웃었다. 매일 부딪치며 고민하는 문제이자 열려 있는 공간(혹은 조직)의 딜레마.

'환대'는 어느 범위까지 가능한 걸까.

　　아침부터 뜬금없는 독촉 전화를 받는 일도 종종 있다. "왜 아직도 카페를 안 열었어요?" 중년의 남성이었다. 원래 카페 문을 오후 한 시에 연다고 말씀드렸더니, 그 손님은 다른 지역에서 왔는데 일찍 문을 열어주면 안 되냐고 물었다. 멀리서 오셨다는 말씀에 오전에 해야 할 일을 급하게 처리하고 열두 시쯤 문을 열었다. 열두 시가 조금 넘어 카페에 들어온 손님은 고맙다거나 미안하다는 한마디 없이, 카페를 왜 이렇게 늦게 여냐고 오히려 아쉬운 소리를 늘어놓았다. 차를 내고 카운터에서 일을 하고 있는데, 한 시간 정도 있다가 느닷없이 "아니, 페이스북에서는 그렇게 따뜻해 보였는데 왜 이렇게 야박해요. 멀리서 왔는데 대화도 안 나누고"라며 서운함을 표현했다. 참다못해서 "여기는 제 일터이고, 저희가 카페 일만 하는 게 아니라서 평소엔 일이 많아요. 미리 연락을 주시고 약속을 잡았으면 시간을 비워뒀을 텐데 갑자기 찾아오셔서 말씀하자고 하시면 저도 일정에 차질이 생겨서요. 와서 대화를 나누자고 말씀하신 것도 아니고요. 죄송합니다. 앞으로는 미리 연락해주시면 저도 시간을 비워둘게요"라고 말했다. 내 말에도 서운함이 안 풀렸는지, 아니면 더 서운해졌는지 "페이

스북에는 환대받았다고 쓸게요"(안 그러서도 된다고 말씀드렸
다) "인심 좋은 맛집 추천해주세요. 인심만 좋으면 돼요. 무
조건 인심 좋은 데가 최고"(인심 좋은 곳을 추천해드렸다)라며
계속 불편한 기색을 보였다.

별로 특별할 것 없는 만남이었다. 나는 일주일에 이
틀만 카페에 있을 뿐인데도 이런 손님들을 꽤 만난다. 그
러니 5일 동안 카페를 지키는 조재는 말할 것도 없다. 한번
은 어떤 중년의 손님이 조재에게 "홍승은 씨 인터뷰 기사
보고 스크랩도 했어요. 지금 카페에 없으면 전화 연결이라
도 해줘요"라며 다짜고짜 전화기를 내밀어서 무척 당황한
적도 있었다고 한다. 대뜸 "장사는 잘 돼요? 돈은 되나?"라
고 묻는 분들도 있고, 반말로 이런저런 인적 사항을 묻는
분들도 있다. 한밤중에 얼굴 한 번 본 적 없는 남자가 불쑥
전화하거나 카카오톡 메시지를 보내는 경우도 종종 있다.
조재는 그런 연락에 시달리다가 핸드폰 번호를 바꿨다.

언젠가 받은 인터뷰 요청 메일에는 "말을 용이하게
하기 위해 명령조로 작성했습니다. 양해바랍니다" "인문학
36.5를 소개하라, 기억나는 에피소드를 말하라, 앞으로의
계획을 말하라"라고 적혀 있었다. 조금만 검색해도 금방
알 수 있는 정보를 굳이 질문하는 게으른 태도도 불쾌했고,

방식의 무례함도 싫었다. 인터뷰하지 않겠다고 문자를 보냈더니, 자신이 대면 인터뷰가 어렵다는 우리의 사정을 들어주었는데 무엇이 문제인지 모르겠다는 답장을 받았다.

비슷하게 《일다》에 연재한 〈페미니즘을 알려줘〉라는 글(페미니즘을 친절하게 알려주지 않겠다는 내용)에는 "인문학카페씩이나 하면서 페미니즘 하나 못 가르쳐주냐"며 길게 댓글이 달렸다.

인문학카페라는 이름에서 기대하는 역할이 있는 걸까. 인문학카페는 뭐든 친절하게 알려줘야 하는 곳이라고 생각하는 걸까. 팀원들과 운영회의를 하면서 아무래도 우리가 카페 이름을 잘못 지은 것 같다고 이야기 나눴다. 어렵다. 우리는 누구든, 언제든 환대할 수 있는 공간을 만들어야 하는 걸까? 공간을 만들 때 대중에게 거리감이 있을 거라 생각하면서도 '인문학'이라는 이름을 굳이 붙였던 건, 누구든 모이는 공간은 이미 많으니까 비슷한 고민을 가진 사람들이 모이길 바랐기 때문이었다. 보다 대중성을 가질지 우리만의 색을 가질지 치열하게 고민하고 회의한 끝에 설사 손님이 적더라도 우리의 뜻을 유지하자는 마음에 지은 이름, '인문학' 그리고 '36.5°'. 이 명칭 때문에 자칫 누구나 사랑하고 포용하는 곳으로 오해를 사는 것 같다.

게다가 페미니즘이 더해지고 나니 그러한 요구가 더욱 노골적이게 되는 걸 느낀다. 페미니즘을 공부한다는 이유로 "친절하게 차근차근 페미니즘을 알려줘"라는 요청을 듣게 된다는 주위 사람들의 고민과 다르지 않다. '페미니스트이자 세상을 정화하는 젊은 여자들의 따뜻한 공간, 인문학카페36.5°'라는 인식에는 누구나 환대하며 따뜻하게 감싸주라는 무언의 압박이 부여된다.

내가 페미니스트이건 사회운동가건 나는 모두를 위한 사람이고 싶지 않다. 마찬가지로 우리의 공간이 모두를 위한 공간이라고도 생각하지 않는다. 모두를 위한다는 건 사실 누구도 위하지 않는 것과 다름없다. 이타적이라고 말하며 중용이나 중립을 이야기하는 사람은 더욱 신뢰하지 않으며, 오히려 경계한다. 카페 식구들은 함께이지만 각자에게는 자신의 위치성을 기반으로 구축한 명확한 전선이 있다. 우리는 시작부터 지금까지 그래왔다.

상대에게 무례하고 무심하게 행동하면서 환대를 바랄 수 있을까. 우리는 무례한 걸 참아가면서 감정노동하기 위해서 카페를 만든 게 아니라, 무례한 세상에서 사소한 것부터 변화를 만들어가기 위해서 카페를 만들었다. 이곳은 모두를 위한 공간이 아니다.

내가 페미니스트이건
사회운동가이건
나는 모두를 위한 사람이고 싶지 않다.
모두를 위한다는 건
사실 누구도 위하지 않는 것과 다름없다.

돌이켜보면 '그것'이 저를 계속 당기고 있었다는 생각이 듭니다. '그것'이 무엇이라고 규정짓기에 당장 제 입에 달라붙는 언어가 없습니다. 우리가 여성주의·평화학·페미니즘이라고 부르는 것들이에요.

어릴 때부터 여자아이였기 때문에 익숙하게 들어왔던 외모에 대한 평가가, 다리를 오므리고 앉으라는 엄마의 주의가, 어미나 딸년이나 똑같다는 아빠의 폭언이, 여자 인생 뒤웅박 팔자니 남자만 잘 만나면 된다고 조언하던 어른들이, 농활 때 이장님의 선의를 왜 불편하게 생각하냐던 선배의 불호령이, 나이트와 도우미를 좋아하던 진보적 교수님의 사생활이, 나를 바라보던 남자친구들의 모든 어머니의 시선이, 결혼할 때쯤 처녀막 재생 수술을 할 거라던 친구가, 엄마처럼 살지 않을 거라는 친구들의 슬픔이, 페이스북에 뜨는 예뻐지는 혹은 사랑받는 여자의 비결이, 비이성적이고 감정적이라고 비난하던 주위의 평가가 불편했습니다. 그리고 그 불편함의 원인은 그들이 아니라 저에게 있다고 생각했습니다.

저는 너무 감정적이고, 헤프고, 예민하고, 약한 사람이라고 여겼어요. 그래서 항상 자신을 질책했어요. 나는 왜 이렇게 못난 걸까. 모난 걸까. 왜 적당히 타협하고 살아가지 못할까. 그 답을 부모님 이혼으로 인한 가정환경으로 설명해보려고도 했고, 심리학을 공부하며 성격 특성으로 맞춰보려고도 했고, 사주명리를 공부해서 운명으로 해석하고도 싶었습니다.

언제부터인가 '아, 자본주의가 나를 이렇게 힘들게 만드는 거구나'라고 믿었습니다. 신자유주의가 만든 모든 개인주의가, 자유와 방종의 모호한 구분이, IMF로 인한 외상 후 스트레스 장애와 그 후 만연한 공포 트라우마가 나를, 사람들을 힘들게 하는 원인이라고 믿었습니다. 그래서 열심히 '세상을 바꾸기 위해' 운동을 했어요. 일주일에 몇 번씩 상경해서 집회에 참여하기도 했고, 학내 운동을 하고, 휴학하고 원주로 몇 달 원정 학생운동을 다니기도 했습니다. 정당과 시민단체에도 가입해서 정권을 바꾸기 위한 활동을 했고, 학교를 졸업한 뒤 카페를 오픈하고도 열심이었습니다. 신문을 읽고, 모든 이슈를 섭렵하고 그것을 비판하고 사람들에게 알리고 싶었어요. 제가 자유로워지고 싶어서, 사람들이 함께 자유로워졌으면 좋겠어서요.

그렇게 외치면서도 목구멍에 가시가 걸린 것처럼 사소하지만 거슬리던 의문이 있었어요. 정말 정권 교체만 되면 우리의 삶이 지금보다 나아질까. 비정규직 문제가 해결되면 우리의 삶은 안정될까. 정말 소녀상 이전을 막고 아베가 사과하고 제대로 배상금을 지급하면, 그러면 조금 더 사회가 정의로워졌다고 할 수 있을까. 그러면 할머니들이 행복해질 수 있을까. 여성은 더는 성적 피해자가 안 될까. 그렇게 되면 나는 나답게 살 수 있게 되는 걸까.

돌이켜보면 찜찜하지만 사소하고, 그래서 가장 중요했던 물음들에 대한 답을 피하고 싶었던 것 같아요. 미래에 대한 불안에 휩싸일 때 공무원을 준비하는 게 가장 명확하고 불안하지 않은 길이라서 사람들이 선택하듯이, 저의 운동관도 명확한 방식을 '믿고 싶어 했던 것'은 아니었을까요. 선배가 가르쳐주었던 '마땅히 그래야 하는 운동 방식'. 역사를 공부하고, 정치적 구호를 외치면 세상이 바뀐다고 생각했습니다. 정권만 바뀌면, 집회에 많은 사람이 모이면 우리가 승리하는 거라고 믿었어요. 그런데 사실 운동을 하면서도 저는 자유롭지 못했습니다. 끊임없이 자신을 의심하고 부정해야 했어요. 농활에서 이장님이 저를 호칭한 '임자'라는 말과 가벼운 스킨십이 불편하다는 제 말에 화를 내던 선배. 그 모습을 묵묵히 지켜보던 다수의 사람. 그 속에서 저는 농민과의 화합을 흩뜨려서 죄송해야 하는 가해자였습니다. 그때 이후로 개인적인 불편함을 호소하는 것은 조직에 해가 되는 부차적인 것이라고 여겨왔던 걸까요. 언제부턴가 이런 불편함에 입 다물고 살아왔습니다.

최근 며칠간 참 괴로웠습니다. 외면하고 싶었던 '어떤' 것이 자꾸 저에게 손짓하는 걸 느꼈거든요. 몇 년 전 한 진보적 남자 교수님으로부터 "페미니즘에 빠지면 너무 편협해져. 적당히 거리를 둬"라는 이야기를 들었던 게 생각나요. 제 책장을 둘러봅니다. 책장에는 서울, 남성, 중산층, 이성애자, 학벌 좋은 저자들의 책이 가득하네요. 그들이 정의한 사회문제, 그들이 정의한 운동 방법을 맹목적으로 따르고 있던 나를 직면합니다.

그리고 어쩔 수 없이 글을 쓰게 됐습니다. 글도 잘 못 쓰고, 아직 페미니즘을 잘 알지도 못합니다. 그래도 서투르게나마 쓸 수 있는 건, 제가 살아오면서 목격한 너무 많은 불편함을 뱉어내는 게 세상이 진보하는 일의 시작이라고 믿기 때문이에요. 저는 항상 신문에서 목격한 다른 사람들의 아픔을 이야기해왔지만, 정작 제 삶과 밀접하게 관련된 아픔은 말하지 못했습니다. 개인적인 것이 가장 정치적인 거라는 말을 머리로만 이해해왔네요.

며칠 사이 저는 젊은 여자 운동가에서 일순간 차별의 경험을 친절하게 설명해야 하는 피해자의 위치에 놓였습니다. 그 위치는 계속 제가 왜 피해자인지를 이해시켜야 하는 외롭고 고단한 곳이었습니다. 단 며칠을 겪었을 뿐인데도, 많이 지쳤어요.

어젯밤이 가장 그랬어요. 최근 효녀연합의 활동을 바라보는 언론이나 여론의 시선이 위안부 문제의 근원인 여성에 대한 가부장적 시선, 성적 대상화로 느껴져서 성찰해보면 좋겠다는 글을 올렸습니다. 참 많은 사람이 저를 보고 지적 허영심에 어리광을 부리고, 질투하고, 본질을 흐린다고 말했습니다. 그중 한 사람은 음란물 사이트 소라넷을 옹호한 자칭 진보적 남자였습니다. 그는 열심히 '위안부 협상 반대'를 외쳤어요. 그 모습을 보며 이런 사람들과 함께 외치는 대승적 진보가 어떤 의미일지 회의감이 들었습니다. 내가 믿고 있던 사회 변화는 무엇인가. 화가 났습니다. 회의감도 들었고요. 그렇게 주체할 수 없는 마음을 추스를 때쯤 함께 울고 있는 팀원들이 보였습니다.

그때 이상하게 마음이 차분해졌습니다. "평화는 고통의 정중앙에 놓여 있다"라는 《정희진처럼 읽기》의 한 문장이 떠올랐습니다. 그렇게 절망적이고 슬픈 순간이었는데 오히려 정확한 희망을 느꼈어요. 운동을 해오며 느꼈던 깨달음 중 가장 확고한 희망이었고, 뚜렷한 방향이었어요. 페미니즘을 선택하는 것. 이것은 진보적인 신문을 읽고, 가끔 집회에 나가고, 사회에 비판적인 목소리를 내는 것과는 전혀 다른 싸움이 될 것이고, 체제 하나하나와의 지난한 싸움이라는 걸 우리는 직감했습니다. 그리고 그것이 제가 생각하는 유일한 '혁명'이 될 것 같습니다. 집회의 목소리와 삶의 목소리를 일치시키는, 저 자신도 항상 각성해야 하는 피곤한 선택이요.

영화 〈브이 포 벤데타〉의 이비가 빗속에서 눈물을 흘리며 절규하는 모습, 그 모습이 떠올랐어요. 저는 드디어 해방된 것일까요. 해방만큼 울렁이고 직면해야 하는 세상이 제 앞에 펼쳐졌어요. 제게는 든든한 팀원들과 정희진 선생님의 책 한 권과 간밤에 진심 어린 편지를 써준 당신이 있습니다. 생각보다 많은 것이 있는 걸까요.

이제 다시 발을 딛는 문밖의 세상은 어제와는 전혀 다른 모습일 것 같습니다. 글을 쓰려 책상 앞에 앉은 지금 제 모습이 어제와 전혀 다른 모습이듯이요.

2016년 1월 14일

춘천에서

## ○ '김치녀'이거나
## '개념녀'이거나 ○

신문에 대문짝만 한 사진이 실렸다. "애국이란 태극기에 충성하는 것이 아니고 물에 빠진 아이들을 구하는 것입니다. —대한민국 효녀연합"이라고 적힌 피켓을 들고, 미소 짓고 있는 익숙한 얼굴, 동생 승희였다. 아베 신조 내각과 박근혜 정부의 졸속 위안부 협상, 그리고 이 협상에 항의하는 위안부 피해자 지원단체를 종북 세력으로 모는 어버이연합의 망언에 분노하던 사람들은 동생의 피케팅에 관심을 집중했다. 꽤 많은 언론에 동생의 활동이 언급되었다. 나에게도 연락이 몰려왔다. "뉴스에 나온 거 승희 맞지?" "승희는 괜찮아?" 연락을 안 한지 꽤 오래된 지인들까지

합세해서 하루 종일 카카오톡이 북새통이었다.

처음 동생 사진을 기사로 봤을 때 가족들과 나는 "오, 승희 또 나왔네" 정도의 반응을 보였다. 익숙한 상황이었기 때문이다. 2008년 광우병 위험 미국산 쇠고기 수입을 반대하며 시작된 촛불집회 때부터 오랫동안, 집회에 참여할 때마다 우리는 종종 언론에 노출되었다. 주위 사람들이 "너네는 꼭 집회에 나가면 언론에 나오더라" 하고 종종 이야기할 정도로 언론에서는 으레 '젊은 여자'인 우리를 카메라에 담았다. '젊고 눈길을 끄는 여자'가 언론에 노출되어야 대중이 반응한다는 말이 자연스럽게 통용될 정도로, 사회운동 이슈에서 젊은 여성에 대한 집중은 자연스러운 문화였다.

게다가 2014년 세월호 참사 이후, 본격적으로 사회예술 활동을 하며 거리에서 각종 사회 이슈에 목소리를 내온 동생이 언론에 회자되는 일은 일상적이었다. 일베나 보수 진영에서 동생을 비판하는 자료를 보면 승희는 '전문 시위꾼'으로 불릴 만도 하다. 통일대행진 '촛불여대생', 반값등록금 집회 '유심열사', 실신한 '여대생', 국정교과서에 반대하는 광화문 '시위녀', 광화문 '청순녀', '돌직구녀', 청년 하우스푸어, 렌트푸어, 소셜아티스트, 신촌대학 '대자보녀',

박근혜 대통령을 풍자하는 작업을 해서 벌금을 많이 받았다고 '벌금녀', 그리고 보수 진영의 '종북녀', '통진당녀'까지… 다 열거하기 어려울 정도로 동생에게 붙여진 이름은 참 많다. 거기에 하나가 추가되었다. 대한민국 효녀연합 미소녀.

봇물처럼 터져 나오는 기사들 속에서 익숙한 언론 플레이와 여론의 반응을 발견했다. 언론에서는 동생의 미소 짓는 사진을 올리며 동생에게 '미소녀'라고 이름 붙였다. 수개월 전 "광화문 국정교과서 반대 청순녀"라고 동생을 호명해 논란이 되었던 '○○녀 붙이기'는 여전했다. 댓글도 언론과 비슷한 양상으로 흘러갔다. "얼굴도 예쁜데 개념도 있네" "역시 얼굴이 예쁜 여자가 개념이 있어"와 같은 댓글이 추천 1~2위를 다투고 있었다. 한편으로는 각종 연합(오빠연합·커피연합·삼촌연합 등)들이 생겨나고 있었다. 이름부터 눈에 띄었던 '대한민국 오빠연합'은 "효녀연합을 지켜주겠다"라며 자신들의 정체성을 밝혔다. 효녀연합에 대한 폭발적인 반응이 나옴과 동시에 다양한 시각에서 동생의 행위가 해석되고 재단되었다.

나는 우리가 활동하며 반복적으로 겪어왔던 '여성 활동가'를 향한 사회적 시선이 마음에 걸렸다. 특히 사안이 여성 인권과 직결된 일본군 위안부 문제였기 때문에 이대로 논의가 흘러가선 안 된다고 생각했다. 한국사회에서 여성으로 살아가는 나에게 일본군 위안부 문제는 민족 문제로만 논할 사안이 아니었다. 일상적으로 이뤄지는 여성에 대한 폭력과 억압·혐오와 같은 젠더·섹슈얼리티 문제와도 연결해서 성찰해야 한다고 느꼈다. 페이스북에 이런 문제의식을 남겼다. 지금 효녀연합을 바라보는 시선을 점검하고, 동생을 또다시 '미소녀' '개념녀' '종북녀'로 이름 붙이는 행위를 그만두라는 내용이었다.

문제의식에 동의하는 사람들이 글을 공유하면서 많은 사람에게 글이 노출되었다. 순식간에 다양한 피드백이 왔다. "위안부 문제를 여성 문제라고 하면 욕먹기 때문에 말을 못 했는데 이렇게 여성 문제로 들고나와줘서 고맙다" "궤도가 이탈되지 않도록 잡아주어서 다행이다"라는 반응이 있었고, 한편으로는 "예쁘다는 건 얼굴이 아니라 개념이 예쁘다는 것입니다" "위안부가 어떻게 젠더 문제냐"라는 식의 다른 반응도 있었다.

다양한 층위에서 내 글에 대한 해석과 판단이 쏟아져 당황스러움을 느끼던 중에, 지인이 문제가 되는 글이 있다며 나에게 캡처한 이미지를 보내주었다. 이미지 속에는 두 남자가 나를 조롱하는 대화 내용이 있었는데, "동생은 21세기 운동가형이고, 언니는 20세기 먹물형이다"라고 시작한 글에서 그들은 다짜고짜 나를 "재수 없는" "동생 활동에 찬물을 끼얹은 언니라는 년"으로 호명하고 있었다. 그리고 수십 명의 사람이 대화에 동조하고 있었다.

당시는 워낙 다양하게 내 글과 내 이름이 언급되고 있었기 때문에 비판을 받는 일에 조금 익숙해졌다고 생각했지만, 이미지 속 글은 원색적이고 저속한 표현으로 가득했다. 묻지마폭행을 당한 것처럼 몸이 떨려왔다. 그들은 진심으로 나에게 화나 있었다. '대의'를 추구하는 21세기형 운동가 동생의 앞길을 망친 옹졸한 페미니스트라고 나를 명명하며 경멸했다. 격렬한 반응에 '내가 정말 잘못한 건가, 이기적인 건 아닐까'하는 의심이 들었다.

이전에 나는 내가 '페미니스트'라고 생각한 적이 없었다. 하지만 내 말이 페미니즘적으로 해석되는 순간 이름이 붙었다. 이기적인 '꼴페미'. 대의에 찬물 끼얹어서 비난받아 마땅한 '벌레'.

문득 한 장면이 머릿속에 떠올랐다. 수년 전 여름 농활에서, 이장님이 나에게 '임자'라고 부르며 약간의 스킨십을 했다. 그런 이장님의 태도가 불편하다는 의견을 운영회의에서 내놓았을 때, 한 남자 선배는 "너는 이장님의 호의를 그렇게 예민하게 받아들여야 해? 이장님이 농민들과의 화합을 위해서 얼마나 애써주셨는데 죄송하지도 않아? 정말 너무한다"라며 나에게 눈물을 흘리면서 울분을 토했다. 다른 선배들(애석하게도 모두 남자 선배뿐이었다)도 침묵으로 그 선배의 문제 제기에 동조했다. 그때 나는 '굳이' 불편함을 느끼고 이야기를 꺼내서 농민과의 화합이라는 대의를 망친 옹졸한 여자가 되었다. 그밖에도 조직 문화에서 성차별 언어나 태도에 변화를 요구하는 동생과 나에게 돌아온 반응은, 홍자매는 너무 감정적이야. 너무 예민해, 라는 말이었다.

묻지마폭행 같은 온라인 조리돌림을 당한 뒤 사람들의 조언대로 굳이 상대하지 않고 페이스북에서 바로 그들을 차단했다. 무시하면 자연스럽게 잊혀질 거라고 생각했다. 하지만 그 뒤에도 비난은 이어졌고, 비난은 점차 내 '발언'에서 '나'라는 사람 자체로 확대됐다. "동생을 질투하는 언니" "카인과 아벨 이후 처음" "저런 언니라면 없느니만 못한데"부터, 나는 "좌익소아병" "벌레만도 못한" "이기적인" "병신"이 되었다. 이후 동생이 "나는 페미니스트입니다. 하나의 적을 상정하지 말고 함께 성찰하길 바랍니다"
라고 말하자 그들은 동생도 스물일곱이나 돼서 언니 말만
듣는 비주체적인 인간이라고 조롱했다. 나중에 알게 되었
지만 둘은 온라인에서 활발한 활동을 하고 적지 않은 지지
자를 거느린 자칭 '진보 마초'였다. 페미니즘에 불만이 많
아서 나 이전에도 많은 페미니스트를 비난해왔던 걸로 명
성이 자자했다.

　　페이스북 김치녀 페이지에서도 "효녀연합의 역겨운
실체"라며, 페미니스트를 선언한 동생을 "김치녀" "메퇘
지"라고 공개적으로 조롱했다. '사회'운동을 하는 게 아니
라 '여성'운동을 하게 되었다며 진심으로 안타까워하거나,
페미니스트였다니 배신감이 든다는 사람도 있었다.


　　어릴 때부터 내가 선택하지 않은 역할과 책임이 싫었
다. "여자는 다리를 오므리고 앉아야 해"라는 엄마의 핀잔
부터, '여자는 피부가 깨끗해야 해, 여자애는 얌전해야 해,
여자는 털털하더라도 여우같은 면이 있어야지, 여자는 여
자는 여자는…'이라고 귀에 딱지가 앉게 들어온 여자의 조
건. 그뿐 아니라 '학생은 공부를 해야지, 돈을 많이 벌어야
지, 스펙을 쌓아야지, 도전을 해야지, 자식은 효도를 해야

지, 직장인은 끈기를 갖고 잘 참고 살아야지…'와 같은 '○○의 조건'이 싫었다.

왜 그래야 하는지 묻고 또 물었다. 묻다 보니 사회운동을 하게 되었다. 모두가 자유로웠으면 좋겠다는 대의를 위해서이기 전에, 부당하게 내 삶을 재단당하거나 평가받고 싶지 않아서. 내가 자유롭고 싶어서. 내가 스스로의 책임과 역할을 설정하고 그것을 지키며 주체적으로 살아가고 싶어서 사회운동을 했다.

그렇게 시작한 운동인데, 돌이켜보니 사람들에게 자주 들었던 말은 "와, 여자들이 사회문제에 관심을 가져? 기특하다"였다. 내가 처음 2008년 촛불집회에 참여했을 때만 해도 그렇다. 언론이 '촛불소녀'를 대명사로 칭할 만큼 수많은 여학생이 나서서 사회에 목소리를 내왔는데도, 여전히 "여자들은 이런 사회 활동에 관심 없잖아. 연애나 사적인 거에나 관심 있지 않아?"라고 말한다. 그래서 동생과 나는 어떤 단체에 가도 '홍자매'라고 불리며 그 의외성이 부각되었다. 아마 이런 점이 언론에서도 주목하기 좋은 면이었을 것이다. 수년간 동생에게 붙어왔던 꼬리표처럼, 아무리 정치적 피켓을 들고 서 있어도 '청순녀' '미소녀'라고 불린다. 청순하고 미소가 예쁜 여자가 사회문제에 관심을 갖는다니 "얼굴도 예쁜데, 개념도 있다"는 것이다.

여자라서 주목받는 '의외성'은 반동적으로 '여자는 역시 ~하다'와 같이 비하하는 평가의 연장선에 있다. 사회운동을 하며 만났던 전 남자친구는 "너는 다른 여자들과 다르게 사회문제에 관심 있고 말이 통해서 좋아"라고 말하곤 했는데, 결정적인 순간에는 "너는 여자들 특유의 감정적인 면이 있어. 너는 나처럼 이성적으로 상황을 판단하지 못해"하며 나를 깔아 내렸다. 남자친구만이 아니라 사회적 활동을 하며 만난 남자들도 나를 동료라고 여기기 전에 잠재적 연애 대상 혹은 자신이 가르쳐줘야 하는 부족한 여자로 여겼다. 역사와 각종 철학을 줄줄 읊으면서도 젠더 감수성에는 일말의 관심도 없는 태도는 그때나 지금이나 여전하다.

2016년 1월 이후, 동생과 나의 활동이 회자되면서 많은 관심을 받았다. 카페에 찾아와서 응원해주고, 과일과 책 선물을 해주는 사람들도 있었다. 그런데 어떤 면에서 사람들의 반응은 비슷하다. "젊은 여자들이 기특하다"는 반응과 "젊은 여자라 모자라다"는 두 가지 반응. 동전의 양면처럼 무척 닮아 있는 칭찬과 비난 사이에서 기분이 오묘해진다. 기폭제가 된, 우리를 향한 인신공격과 폭력은 일면 수 그러드는 것 같지만 여전히 우리는 그러한 시선에 노출되어 있다.

요즘 한국사회에서 젊은 여자는 '김치녀'이거나 '개념녀'로 분류된다. 요즘에는 김치녀·된장녀 말고도 생강녀·간장녀라는 별 이름표가 다 붙는다. 이렇게 분류되고 대상화되지 않고 주체적인 삶을 살고 싶어서 선택한 사회운동 진영에서도 젊은 여자는 꽃으로 취급된다. 동생이 사회운동가로서 퍼포먼스를 했을 때에는 "개념녀"가 되고, 페미니스트로서 발언을 할 때에는 "배신자"가 되는 것처럼, 우리는 어느 곳에서도 자기 자신으로 사는 걸 억압받는다. 온전한 내가 되고 싶을 뿐인데, 그게 참 어렵다.

평소 응원하던 수원 지역의 청년 여성 대표에게 페이스북 메시지를 받았다. 마을사업을 함께하던 한 업체 사장에게 성폭력을 당했는데, 이를 공론화해서 꼭 해결하고 싶다고, 글을 공유해서 도와달라는 간절한 메시지였다. 바로 글을 공유하고 사건 뒤 일이 어떻게 진행되고 있는지 찾아보았다. 사건 이후 그의 행보를 보면 술김에 성폭력을 저질렀다는 가해자의 '우발적인' 모습은 어디에도 없었다. 가해자는 피해자를 찾아가서 미리 짜놓은 듯한 형식적인 사과를 했다. 잠도 못 자고 괴로워하는 피해자와 상반되는 모습이었다. 피해자는 두려움에 떨고 있었고, 가해자는 당당했다.

가해자의 페이스북에는 민주주의·생태주의·마을공동체에 대한 관심이 잔뜩 도배되어 있었다.

전前 청년녹색당 공동운영위원장의 데이트폭력 경위서를 보았다. 가해자의 이름을 보고 놀랐다. 익숙한 이름이었기 때문이다. 나는 그를 2016년 6월 초에 녹색당 춘천지역 청년모임에서 만났다. 그때 서울에서 활동하는 그도 참여했고, 그 자리에서 나는 몇 시간 동안 함께 이야기를 나누었다. "일베가 가장 잘못한 건 '일베'라는 뚜렷한 적을 상정해서 사람들이 '우리 안의 일베'를 못 보게 했다는 점이라고 생각해요. 뚜렷한 적을 타자화하는 것만큼 성찰을 막는 건 없으니까요"라는 나의 말에 그는 맞다면서 자신의 페이스북에 그날 내가 했던 말을 언급하고 동의하는 글을 올리기도 했다. 그는 '우리 안의 일베'가 문제라면서 적극적으로 평등과 평화를 위해 실천하겠다고 말했다.

그런데 그 만남 이후 불과 한 달 사이에 데이트폭력 사건이 터졌다. 그에게 데이트폭력을 당했던 피해 여성의 증언, 가해자의 경위서가 청년녹색당 페이스북 페이지에 올라왔지만 나는 그 사실을 전혀 몰랐다. 그 뒤의 당 차원의 대응을 찾아보니 무척 허술하고 폭력적이었다. 피해자는 녹색당을 떠났다. 피해자의 글을 읽던 중 눈길이 머물렀던 곳, "당신이 남고 내가 떠나는, 당신은 활개치고 내가 피하는 이 세상이 너무 싫다."

나는 진보정당·마을공동체·사회적경제·시민단체에서 활동하면서 자신을 정의롭다고 확신하는 사람들을 경계한다. 그들은 손쉽게 인권과 평화를 외치지만, 여성이나 성소수자·장애인 등 사회적 소수자나 동물은 그 말의 적용 대상에 포함되지 않는 부차적인 존재라고 여기기 쉽다. 그들이 말하는 인권은 절대적이고 마땅한 개념일지 모르지만, '그'들이 아닌 다른 존재에게 인권은 지금까지도 쟁취의 과정이다.

나는 2008년에 처음 촛불집회에 나갔고, '촛불 여대생'으로 이름 붙여졌다. 한창 촛불이 번졌던 2008년에 민주노총에서 성폭력 사건이 일어났고, 사건 뒤 조직적으로 은폐했던 사실을 나는 알지 못했다. 오히려 민주노총 성폭력 사건 때 은폐에 가담했던 사람이 비례대표로 나오는 정당에서 열심히 선거운동을 하고, 대승적 민주주의를 외쳤다. 2008년과 2016년은 얼마나 다를까.

지금도 곳곳에서 일어나는 성폭력이 수면 위로 드러

나지 못하는 이유는 그 문제를 사소하게 만드는 권력과 밀접하게 연결되어 있다. 사소한 것의 기준은 무엇일까. 집회 현장에서 박근혜와 최순실을 '년'으로 욕하지 말라는 발언이 집회의 분위기에 찬물을 끼얹는 거라는 식의 글을 당당히 올릴 수 있는 권력은 어디에서 오는 걸까. 그 발언이 아무렇지 않을 수 있는 순진한 태도는 자신이 누리는 권력을 상상해보지 않은 사람의 오만함일 뿐이다. 그들이 "조개"라고, "사소하다"고 외면해왔던 문제는 여전히 나와 내 주위 사람을 떨게 하는 일상적 공포다. 국가폭력에 저항하면서 왜 자신의 폭력은 성찰하지 못하나. 당신의 폭력은 술 때문인가? 박근혜 때문인가? 자본주의 때문인가? 통일이 안 돼서? 미국의 공작 때문에? 왜 당신은 자신의 잘못을 그대로 보고 성찰하지 못하는가?

나는 2016년 가을부터 2017년 봄까지 광장에서 울렸던 민주주의와 자유의 함성을 일부 믿고, 일부 믿지 않는다. 사실 대부분의 경우 그 모든 것이 허무하게 느껴지는 요즘이다. 집회 현장 내 성추행을 지적하지 말라 입막음하고, 박근혜를 '병신년'이나 '닭'이라고 표현하는 혐오 발언을 허용하라며 대의를 외치는 그들이 말하는 민주주의에 소수자의 자리는 없다. 그들이 말하는 사소한 문제는 언제나 사소하지 않았다. 그들의 민주주의에 여전히 나는 없다.

그들이 "조개"라고,
"사소하다"고 외면해왔던 문제는
여전히 나와 내 주위 사람을
떨게 하는 일상적 공포다.
국가폭력에 저항하면서
왜 자신의 폭력은 성찰하지 못하나.

○  지금
이곳의 정치                                          ○

활동하며 만난 사람들 중에는 일베나 새누리당 쪽 사람들
보다 같은 진영의 사람에게 상처받은 이들이 많았다. 친구
D는 종종 "마이크·피켓·펜을 내려놓았을 때 사람들이 변
하는 모습이 무섭다"며, "다른 무엇보다 그런 모습에서 인
간에 대한 회의감이 든다"고 말했다.

　　나도 활동하면서 여러 번 비슷한 감정을 느꼈는데, 사
람에게 상처란 상처는 다 줘놓고 자신이 박근혜를 욕한다
는 이유 하나로 스스로를 '진보적 인간'이라 자처하는 모
순을 많이 접했다. 그래서 언젠가 카페 입간판에 이런 문
구를 남겼다. "진보는 정치적 입장만이 아니라, 구체적 삶

의 태도이다." 의견이 분분하기도 했지만 꽤 많은 사람들이 공감하는 것을 보면서 비단 나만의 회의감이나 불편함은 아니겠다는 생각이 들었다.

그들이 말하는 '진보'란 무엇일까? 투표로 민주주의를 실천해야 한다고 생각하고, '여의도 민주주의'만이 정치의 전부라고 생각하는 사람에게는 박근혜를 욕하며 비판적 잣대를 들이대는 사람이 '진보적 인간'일 것이다. 우리의 유일한 '적'은 보수 여당이며, 그들을 처치하는 게 세상을 바꾸는 일이니까. 설사 우리 '편'이 평소에 어떤 식으로 주변 사람에게 폭력을 행사하든 상관없이 말이다.

나는 민주주의나 정치를 그렇게 협소한 개념으로 생각하지 않는다. 과두제를 전제로 누가 통치하느냐의 차이로 '민주주의'의 달성 유무를 가리는 것을 거부한다. 나는 '풀뿌리 민주주의'를 꿈꾸며, 더디더라도 개개인의 주체적 삶과 목소리가 정치로 퍼지는 것이 민주주의와 정의의 실현이라고 생각한다. 불가능하지도, 이상적이지도 않다. 그런 민주주의를 위해서 작은 단위에서부터 공동체를 일구며 살아가는 선배들이 있고, 함께하려는 청년과 청소년이 있다. 우리도 있다.

내가 소수정당을 지지하는 이유는 농민·청년의 목소

리를 '대신 내주는 정치인'을 원해서가 아니라, 농민과 청년과 여성과 소수자들이 '직접' 목소리를 낼 수 있는 정치 시스템을 원하기 때문이다. 한번은 더불어민주당 청년위원회에서 활동한다는 20대 청년이 카페에 와서 "요즘 청년들이 어떤 고민을 하는지 들어보려고 왔다"고 말했는데, 나는 그 말이 무척 묘하게 들렸다. 요즘 청년들의 고민을 들어보고 싶다는 그의 태도에서는 '미래의 정치인'이라는 위치만 있었지, 동시대 구성원으로서의 자기 고민과 입장이 느껴지지 않았기 때문이다. 그가 왜 정치를 하려는 건지 궁금했다. '청년'들을 대변하겠다고 나선 새누리당 '청년' 후보 조은비 씨에게 느꼈던 모순과 비슷했다.

《전태일 평전》을 다시 읽었다. 전태일은 중학교도 제대로 나오지 못하고, 근로기준법 하나만을 몇 년 동안 닳도록 읽은 사람이었다. 그는 마르크스나 민주주의·정치경제를 알지는 못했어도, 그 사상을 온몸으로 살아낸 사람이다. 책을 쓴 조영래 변호사는 그에게 공부는 '사투' 그 자체였다고 말했는데, 나는 전태일의 사상이 치열한 사투 속에서 무르익어 가는 모습을 보면서 공부는 삶과 부딪혀가면서 해나가는 거라는 걸 다시 한 번 배웠다. 교통비를 털어서 더 가난한 사람과 빵 한 조각이라도 나누고 매일 두 시간이 넘는 거리를 걸어 다녔던 '생생한 사랑'의 언어는 그 어떤 사상과 구호보다 가슴을 울린다. 전태일은 정치적 구호를 외치진 않았지만, 또 정치인을 잘 알거나 선거운동을 하거나 시사 이슈에 밝지도 못했지만, 삶으로 부딪치며 가장 정치적인 삶을 살았다고 생각한다.

선거철마다 여기저기서 '민주주의'에 대한 열망이 터져 나온다. 청년에게 정치에 관심 가지라고 윽박지르는 소리도 여전하다. 집에서, 학교에서, 자기 삶에서 자기 요구대로 살아본 적이 없는데, 자기의 목소리가 없는데 정치에서 어떤 목소리를 낼 수가 있을까. 시험 답안처럼 있는 것 중 그나마 맞을 만한 걸 고르라는 것이 정치 참여인가?

나는 '삶의 정치'를 주장한다. 자기 삶으로부터의 고민과 목소리가 없으면 정치 참여도 없다. 나는 여전히 '발화'가 아닌 구체적 삶의 '태도'가 민주주의의 기반이라고 생각한다. 사랑이라는 이름으로 저지르는 폭력과 민주주의라는 이름으로 저지르는 배제와 억압을 경험하며, 추상적인 개념을 독점하면서 자의식에 심취한 사람이 '대놓고 나쁜 놈'보다 더 무섭다는 걸 느끼기 때문이다. 우리의 정치는 지금도 계속되고 있다.

○ 당신은
  사소하지 않다                                    ○

SNS나 팟캐스트 〈파파이스〉를 통해서 카페 활동을 알게
된 분들이 카페에 방문하는 경우가 늘고 있다. 대학가 카
페가 가장 어렵다는 겨울철 비수기에 공간이 사람들로 가
득 찬 모습을 보면 일부러 걸음해주시는 모든 분에게 감사
하기도 하고, 우리가 말해온 인문학적 가치가 퍼져나가고
있다는 생각에 설레기도 한다. 그런데 이러한 관심이 기쁘
면서도 한편으로는 조심스러운 마음도 든다. 뭔가 놓치고
있는 느낌이 들기 때문이다.
    한번은 어떤 분이 카페에 들어오자마자 "홍자매 없어
요?"라며 언론에서 회자된 동생과 나를 찾았는데, 우리가

없다는 말에 실망하는 기색을 역력하게 보이셨다고 한다. 이 사실을 팀원에게 전해 들으면서 그동안 느껴왔던 찝찝함의 실체를 파악할 수 있었다.

사실 카페를 유지하는 생활은 매일매일이 '사소해 보이는 것'들과의 씨름이다. 어제는 갑자기 난방기에서 바람이 안 나온다는 일정이의 말에 부랴부랴 인터넷을 검색해보고, 온도를 끝까지 올려보라, 다른 버튼을 눌러보라는 둥 몇 십 분을 신경 쓰며 마음을 졸였다. 이렇게 난방기에서 바람이 안 나오거나, 인터넷이 안 되거나, 원두가 떨어지거나, 500원짜리 거스름돈이 떨어지거나, 지하 술집의 취객이 카페 입구에 토를 해놓거나, 냄새 안 나는 저녁 메뉴를 고민하는 게 우리의 주 일상이다. 매일매일 공간을 쓸고, 닦고, 입간판을 쓰고, 일주일에 3일 이상 지원 사업 서류 더미에 파묻혀 있고, 불편한 사람이 모임에 참여했을 때 어떻게 대처해야 할지 논의하고, 가끔 몸과 마음이 지칠 때 다 함께 놀러가거나 더 공부하는 사소하지만 소중한 노동의 연속.

인터뷰를 하거나 사람들이 방문하면 가장 많이 궁금해하는 것은 '카페의 활동과 앞으로의 계획'인데, 그 질문 속엔 어떤 대단한 의미를 듣고 싶어 하는 마음이 느껴진다. 그래서인지 나도 항상 거시적인 관점에서 활동에 대한 이야기를 하고는 했다. 공동체, 사회문제, 세상을 바꾸는 의미에 대해 이야기를 하면 듣는 사람도 나도 마치 큰일을 해내고 있는 것처럼 함께 고양되고는 한다. 간혹 솔직하게 우리의 일상을 나열하면 조금은 실망하는 반응이 느껴진다. "인문학카페라더니, 뭐 다를 것 없네." 어쩌면 이 반응이 두려웠던 것도 같다. 세상을 바꾸는 일은 매우 용기 있고 특별한 일일 거라는 기대에 부응하지 못할 때 돌아오는 실망의 시선. 그 시선은 자꾸만 나무의 뿌리처럼 활동의 근원이 되는 노동은 '당연한 것'으로 배제하고, '대단한 의미'를 이야기하게끔 한다. 그래서 그런 걸까. 요즘 카페에 찾아오는 몇몇 소수의 손님들은 공간의 중심이 되는 팀원들에게는 일말의 관심 없이 '의미를 전달하는' 누군가를 찾는다.

공간을 운영하며 가장 크게 배운 점은 공간이 유지되는 것은 누군가의 노동 없이는 절대 지속가능하지 못하다는 깨달음이다. 하루라도 환경미화원이 없으면 거리가 쓰레기로 덮이는 것처럼, 매우 사소해 보이는 일상적 노동은 우리의 모든 삶을 지탱해주는 근본적 토대다(문득 이런 인식이 없는 데서 오는 문제가 가사노동을 등한시하는 문화에서 기인한 것은 아닌지 의문도 든다). 당연하게 누려왔기 때문에 사실은 눈치채지 못하는 누군가의 노동. 그 노동의 소중함을 느끼고 감사하는 일은 의미를 전달하는 눈에 띄는 누군가를 칭송하는 일보다 더 중요하다. 세상이 변화되는 건 의미를 창조하는 게 아니라, 곁에 존재하는 사람들을 다시금 발견하고 소중함을 느끼는 과정에서 비롯하는 게 아닐까. 지금 이 순간도 존재하지만 존재하지 못하는 모든 작은 우리들을 보려고 노력하고 소중하게 여겨야 한다는 것을 말하고 싶었다.

주류경제가 아닌 사회적경제를 꿈꾸고 살아가는 우리가 가장 흔들리는 순간은, 새누리당이나 뉴라이트 학생들이 횡포를 부릴 때가 아니었다. 애정을 갖고 응원해주면서도 카페 공간을 운영하는 팀원들의 업무는 무시하거나, '알바' 아니냐고 그래도 '제대로 된 직업'을 가져야 하지 않겠냐고 말하는 사람들의 진심 어린 걱정이었다. 바닥을 쓸고, 닦고, 커피 한 잔을 내리면서도 항상 사람들을 위하는 마음으로 임하는 팀원들이 가장 좌절하는 순간이다.

언젠가 서울에서 한 청년이 인터뷰를 하러왔다. 그는 인문학카페 블로그에 있는 팀원들과 함께 쓴 일기를 거의 다 읽고 왔는데, 나뿐 아니라 팀원 모두를 알고 "저분이 아라 님이죠?"라며 적극적인 관심을 보였다. 잠깐이었지만 아라와 셋이 즐겁게 이야기 나누며 그간 고민해왔던 찝찝함이 해소되었다. 지금의 모든 활동은 혼자였으면 절대 시작하지도, 지속하지도 못했을 것이다. 함께 열심히 살아가기 위해 노력하는 팀원들과의 소소한 노동의 시간. 그 가치를 알아주는 작은 노력과 관심에 다시금 힘이 솟았다.

나무의 뿌리 같은 근본이기 때문에 굳이 회자되지 않아온 우리들의 사소한 노동을 생각한다. 너무 자연스러워서 자꾸만 존재를 망각하고 놓치는 소중함들. 그래서 계속 사소한 것들을 말해야 하는 필요를 느꼈다. 사소한 것들은 결코 사소하지 않다.

당연하게 누려왔기 때문에
사실은 눈치채지 못하는 누군가의 노동.
그 노동의 소중함을 느끼고
감사하는 일은 의미를 전달하는
눈에 띄는 누군가를 칭송하는 일보다
더 중요하다.

○ 예술가와
   예술작품은 별개다?                                        ○

한 시인을 만났다. 그는 세월호의 슬픔에 누구보다 가슴
절절한 시구를 뱉어내는 사람이었다. 시에서 느껴지는 진
심에 감동해서 그를 만날 날을 손꼽아 기다렸다. 그런데
처음 마주한 그는 다짜고짜 '어린' 내게 반말을 했고, 먹을
것 좀 사오라며 대뜸 카드를 내밀었다. 그 뒤로도 쭉 이어
진 그의 무례한 말과 행동에 한 번 놀라고, 본 행사 때 진
심 어린 표정으로 슬프게 시를 읽는 모습에 다시 한 번 놀
랐다. 잠깐 동안 마주한 두 얼굴이 너무 이질적이어서 한
동안 우두커니 멍해진 정신을 다잡아야 했다. 그 뒤로는
그 시인의 책은 쳐다보지도 않는다.

시를 쓰고 작품을 만드는 사람에게 꼭 '도덕적 잣대'로 올바름을 강요해야 하는 건 아니지만, 적어도 자신의 작품에 부끄럽지 않을 정도의 삶의 태도는 가져야 하지 않을까. 가지려고 노력이라도 해야 하지 않을까. 누군가의 '말'에 무게가 실리는 것은 그 사람의 삶의 무게가 실렸을 때이다. 어떤 '작품'에 무게감이 실리는 것도 만든 이의 삶의 무게가 실릴 때인 것 같다.

글을 쓰면서 계속해서 내 욕망을 점검하고 방향을 잃지 않으려고 노력하듯, 예술도 필연적으로 자신의 구체적인 삶과 욕망을 직시하는 데에서 시작된다. 아침에 일어났을 때, 타인과 관계 맺을 때, 사회 속에 섞이며 내가 느끼는 감정과 사유. 그 고유한 느낌이 사실은 모든 것들과 연결되어 있음을 확인하고 자기만의 방식으로 풀어내는 지난한 작업이 예술 아닐까?

자신의 욕망이나 태도와는 상관없이 그럴듯한 이야기와 작품을 '만들어내는 것'이 주는 가벼움은 허탈하다. 학자는 '연구'만 잘하면 되고, 노동자는 '일'만 잘하면 되고, 학생은 '공부'만 잘하면 된다는 식의 분업화된 단순함을 예술에, 우리에게 강요하는 것 같다. '예술가와 예술 작품은 별개로 보라'는 말이 불편한 이유이다.

지난 수년 동안 카페에서 '누구나 예술가 프로젝트'로 사람들과 그림을 그리고 글을 쓰고 사진을 찍고 창조하는 활동을 도모하면서 항상 되뇌었던 말. "예술은 하는 게 아니라 사는 거다."

○  당신이 계속
    불편하면 좋겠습니다                                    ○

"한동대에서 퀴어라는 단어가 들린 적이 없었는데, 오늘이
처음이었어요." 강연이 끝나고, 행사를 주최한 한동대학교
동아리 '들꽃'의 청년이 말했다. '퀴어'라는 말을 들었을 때
너무 설레고 감동이었다고도 했다. 뒤풀이 자리에서 이어
진 말. 최근 믿었던 학교 내 진보적인 목사님이 "동성애를
인정하시는 건가요?"라는 학생들의 도발적인 질문에 "아,
그런 건 아니지만…"이라며 얼버무리는 모습을 보여서 속
상했다며, 그간의 어려움을 털어놓았다. 학생 90퍼센트 이
상이 기독교인인 한동대에서 성소수자는 금기였고, 이미
지워진 존재였다. 두 시간 동안 딱 '퀴어' 한마디 언급했을

뿐인데 그것이 누군가에게 작은 혁명이 될 수 있다는 사실이 낯설게 느껴졌다. 이럴 줄 알았으면 더 이야기할걸, 싶었다. 나에게는 이번 행사를 주최한 들꽃 청년들이 기독교인이었다는 점도 새로웠다. 기독교에 대한 기존의 편견이 한 꺼풀 벗겨졌다.

강연 전날, 나를 섭외했던 호수 씨에게서 메시지가 왔다. "이번 행사를 두고 페미니즘은 반기독교적인데 어떻게 한동대에서 페미니즘 강연을 하냐는 말이 나왔어요. 특히 요즘 낙태 이슈로 더 그런 듯해요." 들꽃에 메갈이 묻었다는 비난도 있었다고 한다. 메시지를 받은 밤, 괜히 몸에 힘이 들어가서 함께 가는 팀원들과 작전을 짰다. 예상되는 질문들(낙태는 생명을 죽이는 행위다, 페미니즘은 남혐이다, 성적 자기결정권은 방종이다 등)이 나오면 누가 어떻게 대답할지 단단히 준비했다.

한 시간 넘게 이어진 질의응답 시간. 우려했던 질문은 하나도 나오지 않았다. 오히려 각자의 삶의 맥락에서 나온 고민이 질문의 대부분이었다. "페미니즘을 공부한다고 하면 사람들이 자꾸 모든 걸 해명해달라고 해서 공부하는 걸 숨기게 돼요." "페미니즘을 공부하면서 스스로가 모순적이라고 느껴요." "요즘 문단 내 성폭력이 화두인데, 예술과 예술가를 떨어뜨려서 봐야 하는 걸까요?" "가까운 친구였는데 페미니즘을 공부하면서 그 친구가 불편해져요." "페미니즘 모임을 운영하는데, 우리끼리 하자니 내부적으로 고일 거 같고, 사람들을 넓히자니 그것도 딜레마가 있어요." 일상 속 성찰과 관계에서 끌어올리는 질문이 이어졌다.

한 청년은 "저희 어머니 세대에게 페미니즘을 이야기했을 때, 그분들이 살아왔던 삶을 부정하는 게 될까 봐 두려워요. 그저 무기력한 어머니로 살아왔다고 경계 지을까 봐요"라고 말했다. 그때 바로 옆자리에 앉아 있던 중년의 여성 분이 손을 번쩍 들더니, "저는 포항 여성회에서 왔어요. 이곳엔 청년들이 대부분인데 제가 질문하신 분의 '어머니 세대'로서 말씀드릴게요. 지금도 페미니즘을 이야기하는 사람들이 소수지만 저희 세대에는 더욱 적었어요. 하지만 분명히 페미니스트들이 존재했고, 사소하지만 사소하지 않은 변화들을 만들어왔어요. 언니들이 있어요. 걱정 마시고 함께해요"라고 말씀하셨다. 그분의 말씀처럼 그때에도 지금도 비록 수는 적지만 주어진 자리를 이탈하는 사람들은 분명히 존재한다. 울컥하는 마음과 함께 크게 위안을 받았다.

페미니즘은 여전히 편견의 대상이고 많은 배제를 겪는다. 분위기가 조금씩 바뀌어서 무려 한동대에서 70여 명의 마음 통하는 사람이 모였지만, 이곳을 벗어나는 순간 우리는 다시 견고한 세계로 흩어진다. 퀴어를 퀴어라고 말하지 못하고, 차별적 발언을 들으면서도 참아야 하고, 분별력 없고 이상한 사람 취급을 받기도 하면서. 많은 사람이 당연하고 사소하다고 여기는 문제에 사소하지 않은 목소리를 내며 살아가는 일은 고단하다.

이제 막 자신을 설명하는 언어를 찾아서 더듬더듬 기존의 '역할'을 벗어나는 중인데, 여전히 많은 여성은 자신에게 주어졌던 자리를 이탈하는 것만으로도 누군가에게 미안해한다. 또 타인에게 그것을 알릴 때, 그게 누군가에게 상처가 될까 봐 두려워하고 있었다. "저는 페미니즘을 처음 접했을 때 너무 상처가 됐거든요. 내가 당연하다고 여겼던 것들을 누군가 흔들 때 충격이 컸어요. 제 세계가 온통 흔들리는 경험이었어요. 밤새 울었어요. 그런데 같은 상처를 다른 사람에게 줘도 될까요?" 한 청년이 글썽이며 물었다.

나는 말했다. "여성학자 정희진은 '안다는 것은 상처받는 일'이라고 말했어요. 아는 게 편하기만 하면 무슨 소용일까요? 저는 무언가를 공부하고 알아가는 건 부끄럽고 수치스럽고 화가 나는 일이어야 한다고 생각해요. 내가 가담해왔던 세계를 직면하면, 나도 모르는 새 저질러왔던 폭력이 선명해지면서 자책과 후회·부끄러움이 밀려와요. 동시에 내가 폭력인지 모르고 당하고 지나쳐왔던 일이 선명해지면서 분노와 슬픔이 밀려오고요. 그렇게 복잡한 감정 속에서 상처받는 게 아는 일이라고 생각해요. 누구나 어떤 조건에서도 '정상'의 범위에서만 안주할 수 없는 현실이니까, 당장 상대가 앎을 삶으로 잇지 못한다고 해도 일단 알게끔 해주는 건 중요한 일 같아요. 침묵이 평화가 아니듯, 모른다고 폭력이 없는 건 아니니까요. 아끼는 사람이라면 더더욱 그가 불편하게 해줘야 한다고 생각해요. 서로가 더 좋은 사람이 될 수 있도록. 계속 상처받더라도, 적어도 전보다 자유롭게 살 수 있도록요."

그 밤 내내 청년들과 울고 웃으면서 공명했다. 각자의 자리에서 얼마나 고단했을지 가늠해보며, 토닥토닥 서로를 위로했다. 모두가 "꿈같아요"라는 말을 메아리치듯 뱉었는데, 나는 제발 꿈이 아니었으면 좋겠다고 생각했다. 지금 우리가 이야기하는, 공감과 가능성으로 가득 찬 세계가 모두가 살아가는 세계이면 좋겠다고 바랐다.

존재하는 한, 아니 죽음으로도 우리는 타인과 영향을 주고받는다. 타인의 세계가 흔들리면 연결된 내 세계도 흔들릴 수밖에 없다. 매일 쏟아지는 죽음과 차별 앞에 애도는 어떻게 가능할까. 강연 끝에 말했다. "동정과 공감은 달라요. 누군가를 불쌍하게 여기는 동정은 타인보다 내가 더 낫다는 생각을 기반으로 내 위치를 더욱 견고하게 만들어요. 공감적 상상력은 상대의 자리에 나를 세우는 일이에요. 내 세계가 깨지며 확장되는 일이죠. 모든 공부·만남·애도는 그래야 한다고 생각해요. 그 이전의 나로 돌아갈 수 없는 일이어야 해요. 타인의 세계가 나를 바꿔놓고, 나를 죽이는 것. 우리는 더 불편해져야 해요."

인생은 아름답지 않다. 인간은 더더욱 그렇다. 우리는 그저 세상에 툭 던져진 존재이고, 다만 살아 있기에 살아가는 것뿐이다. 점점 죽어가는 몸, 영원할 수 없는 관계, 불확실한 삶에서 어쩌면 눈물은 필수다. 독방에서 울 것인가, 광야에서 울 것인가. 어디에서든 울어야 한다면 나는 광야를 선택할 것이다. 적어도 나처럼 울고 있는 누군가가 보이는 곳에서 함께 울고 싶다. 그때 나는 인간이, 내 존재가 조금은 나아질 수 있다고 믿으니까. 포항에서의 이틀은 함께 우는 시간이었다. 그런 시간을 선물해준 사람·장소 모두에게 감사하다.

우리가 나눈 마지막 인사. "우리 계속 흔들려요. 사소한 혁명을 일으켜봐요."

## 새벽의 일기 #7:
## 언어가 필요하다

우리에게는 언어가 필요하다. SNS나 활자 매체에서 뿐 아니라 일상 속에서도 매일 느끼는 필요이다. 특히 탈학교 청소년기부터 주류경제에서 벗어난 길을 지향하는 지금까지 매일 삶을 해명해야 했던 나에게는 꼭 필요한 일이었다.

가령 카페가 꾸준히 적자라는 말을 듣고 "그럼 당연히 문을 닫아야지"라고 단언하던 선배의 태도와 정도의 차이가 있을 뿐 사람들 대부분의 반응이 그렇다. 매슬로우의 욕구 5단계를 이야기하며 '그래도' 돈을 벌어야 자아실현도 가능하지 않겠냐는 말을 하는 사람들도 있다. 수많은 염려에도 불구하고 우리는 풍요롭고 즐겁게 카페를 유지해왔다. 그때부터 '자아실현=돈'이라는 언어가 우리의 삶을 설명하지 못한다고 느꼈다. 적자임에도 풍요롭게 일할 수 있었던 이유를 찾고 싶어서 행복의 필수조건이라는 '돈'에 대한 물음을 던져보았다. 이 과정을 통해서 돈은 목적이 아니라 수단일 뿐이며, 생활의 불편함을 최소화할 정도만 있으면 된다는 '규범적 정의'를 팀원들과 합의할 수 있었다. '풍요로운 적자'라는 말을 구사할 수 있게 된 것도 그 덕인데, 얼핏 듣기에는 별것 아닌 이 말은 지금의 활동을 지탱해주는 든든한 기둥이 되었다.

아주 일상적인 개념을 시작으로 언어와 삶의 간극을 좁히는 공부를 해나가고 있다. '돈·가족·교육·여성·노동·청춘' 등 당연하게 받아들여온 언어를 파헤치고 재구성해가는 과정은 사회의 흐름에 휘둘리지 않고 우리의 리듬대로 우직하게 걸어갈 수 있는 토대가 된다. 요즘은 특히 '여성' '성 정체성'에 대한 관심이 커지고 있다. 페미니스트가 되겠노라고 공공연하게 선언했기 때문인지 며칠 전 《여성의 정체성, 어떤 여성이 될 것인가》라는 책 선물을 받았다. 서문에 쓰인 저자의 말에 무척 공감했다. "보편적인 관점에서 수행되는 사회철학이 여성의 구체적인 삶에 대해 실질적으로 해줄 수 있는 말이 극히 적음을 보았다."

내 개인적 고민을 글로 표현하는 과정에서 얼굴도 모르는 많은 사람에게 내밀한 답장을 받았다. 내 언어를 찾아가는 과정이 다른 누군가의 '존재를 증명'하는 일로 연결되는 경험을 하면서, 어떤 형식으로든 계속 목소리를 내며 우리의 언어를 확산해야 한다는 조심스러운 확신이 든다. 나는 딱 나만큼의 언어를 쓸 수 있을 뿐이니, 모든 사람이 자신의 내밀한 경험을 언어로 증명할 수 있으면 좋겠다는 바람도 생겼다.

어쩌면 사람들이 영웅에 열광하는 이유는 자신의 삶을 표현할 언어가 없거나, 표현할 방식을 잃어버렸기 때문은 아닐까. 그래서 누군가 내 마음 같은 목소리를 내줄 때, 나를 대변해준다는 위안과 고마움과 기대가 생기는 것 같다. '저 사람이라면 나를 대변해줄 거야. 내 마음처럼 싸워줄 거야'라는. 하지만 내 불편함을 가장 진실하게 구체적으로 이야기할 사람은 '나 자신'밖에 없으니, 상대를 향한 바람은 대부분 실망과 회의로 돌아온다.

앞으로 카페는 언어를 찾기 위한 다채로운 만남과 공부·글쓰기로 채워질 예정이다. 잃어버린 개개인의 목소리, 아직 발견되지 않은 내 안의 목소리를 찾고 끝까지 물고 늘어지고 싶다. 존재하나 존재하지 못하는 우리의 모든 느낌과 아픔에 생명을 불어넣고 싶다.

**새벽의 일기 #8:**
**들려주세요**

카페 화장실 변기가 꽉 막혀서 뚫릴 기미가 안 보였다. 부랴부랴 검색해서 한 설비업체에 연락했다. 한 시간 만에 30대 초반쯤 돼 보이는 청년이 왔다. 그는 잠시 화장실을 살피더니 변기 수도관이 꽉 막혀서 아예 해체해야 한다고 말했다. 장비를 챙기느라 그가 몇 번 카페 복도를 오가는 동안, 벽에 붙어 있는 모임 포스터를 유심히 보는 모습을 목격했다. 혹시 모임에 관심 있으시냐고 물어봤는데, 반가워하면서 참여하고 싶다고 했다.

그는 원래 서울에서 카페 모임과 비슷한 활동을 했었는데, 춘천에 오고 아버지 일을 배우면서 일에 전념하느라 활동을 못 했다고 했다. 원래 카페를 알고 있었고 관심도 있었는데 일에 치여서 엄두를 못 냈다고. 글 쓰는 걸 좋아해서 2년 전까지 블로그에 틈틈이 글을 올렸다면서 글쓰기 모임에 관심을 보였다.

헤어지기 전 그가 나를 바라보며 "이런 활동을 하는 거 너무 대단한 거 같아요. 많은 걸 포기해야 할 텐데요…"라고 말했다. 잠깐이었지만 내가 무엇을 포기했는지 생각해봤다. 사실 나는 포기한 게 거의 없어서 땀 흘리는 노동 앞에서 괜히 마음이 움츠러드는 편이다. 내 노동이 정직하지 않은 건 아니지만, 그래도 내 삶을 지탱해주는 잘 드러나지 않는 노동 앞에서 고마움과 미안함이 든다. 그런데 그가 내게 비슷한 감정으로 말을 하는 게 새로웠다. 그도 '이렇게 사는' 내 삶을 모르니까 막연하게 어떤 이미지를 갖고 있구나 싶었다. 잠깐의 대화였지만 그의 이야기가 궁금했다. 서울에서 어떤 활동을 했고 춘천에는 어떻게 오게 됐는지, 일하며 느끼는 보람이나 어려운 점 등도 궁금했다. 그의 글을 읽고 싶었다.

한동안 사람들의 말과 글이 피곤하게 느껴졌다. 하루가 멀다 하고 일어나는 사건·사고, 폭력과 죽음 앞에서 어디에도 온전히 귀 기울이지 못해 헤맸다. 글쓰기 모임을 다시 시작하고부터 나는 자꾸 누군가의 글이 궁금해진다. 서로의 이야기에 집중하면서 온전히 듣는 시간을 가지니, 한 사람의 목소리에 집중하는 게 많은 목소리에 집중하는 것과 같은 차원이라는 걸 알게 되었다. 글을 통해 그 사람의 경험과 해석을 접할 때면 백 마디 말이 오 간 것보다 더 진하게 대화하는 느낌도 든다.

지난 글쓰기 모임에서 소설가 지망생인 K는 자신이 조현병 을 앓으며 폐쇄 병동에서 생활했던 경험을 썼다. 먹는 시간만이 삶의 즐거움이 될 정도로 무료했던 그때에는 밤마다 사람들의 발소리, 떠드는 소리가 그렇게 부러웠다고 했다. 밤의 소음이 지 겨워서 창문을 꼭꼭 닫았던 불과 어젯밤의 나와는 상반된 마음 이었다. K가 자기 글을 읽는데, 대학교 졸업반인 S가 갑자기 눈 물을 보였다. 자신의 언니가 같은 병을 앓았는데, 가족들 내에서 는 언니의 병이 금기여서 차마 힘들었냐고 묻지도 못했다고 했 다. 자신이 듣지 못했던 언니의 목소리를 듣는 것 같아서 글을 써 준 학인에게 고맙다며 연신 눈물을 훔쳤다.

모임이 끝난 밤, 문득 강남역 여성 살인사건 때 경찰이 조 현병 환자에 대한 강제구금 조치를 언급했던 게 떠올랐다. 당시 에는 '장애인 인권 침해'와 '문제의 본질을 흐린다'는 당위로써 분 노했는데, 가까운 사람의 경험을 듣고 나니 전혀 다른 차원의 분 노와 슬픔이 밀려왔다. '평범하게 살고 싶어서 발버둥 쳤던 시간' 을 보낸 K의 모습과 겹쳐지고, 사람들의 편견에 갇혀 고립되어 살아가는 실재하는 사람들의 모습이 그려졌다.

어떤 존재가 사회적으로 배제된다는 것, 보이지 않는 것, 금기시되는 것은 어떤 의미일까. 조금만 경험을 열어도 주위에 이렇게 많은 사람이 폐쇄 병동에서, 혹은 병 자체나 어떤 계기로 사회에서 고립되어 있는데, 그 많은 사람이 얼굴과 목소리가 지워진 채 살아간다. 잘 보고 들을 수 없으니 나 역시 막연한 이미지로만 보이지 않는 존재를 상상할 수 있을 뿐이었다. 실재하지만 상상해야만 느낄 수 있는 존재들. 처음 독립잡지《젊은 여자》를 냈을 때의 내 마음과 비슷하다. '지레짐작하고 상상하지 말고, 내 이야기를 들어주세요.'

더 듣고 싶다. 내가 아직 듣지 못하고, 알지 못하는 세계에 대해.

소녀는 어떻게 나쁜 페미니스트가 되었나. 이 책은 한국사회 속 20대 여성의 흔들림과 시달림, 살아냄과 깨어남을 보여주는 자서전이자 르포르타주다. 일상의 한복판에서 벌어지기에 정작 잘 보이지 않았던 여성에게 가해지는 무수한 폭력의 파편을 저자는 섬세한 언어로, 그러나 에두르지 않고 담대하게 증언한다. 젊은 여성이 자기 몸에 대해, 차별과 편견에 대해 발언의 주체로 나서는 일이 누군가에겐 낯설고 불편할 수도 있겠지만, 나의 불편함이 세상의 고통을 줄여준다면 우리는 더 불편해야 한다.

— 은유(《싸울 때마다 투명해진다》 저자)

성별 비대칭적인 권력관계에서 남성의 말은 설명이 되고, 여성의 말은 불평이 된다. 사적인 것은 프라이버시이므로 감춰야 한다는 사회에서 사적인 것을 정치화하는 여자들은 프로불평러가 된다. 일상이 식민화되고 몸이 전쟁터인 사회에서 '사적'인 권력관계의 폭력성을 들춰내는 여자들은 프로불편러가 된다. 탁월한 프로불평러이자 프로불편러인 저자가 들려주는 불편한 이야기가, 우리 모두 각자 자신을 돌아보고 서로 연결될 수 있을 때까지 계속되면 좋겠습니다.

— 임옥희《젠더 감정 정치》저자)

홍승은의 글에는 힘이 있다. 정직한 성찰이 있다. 뜨거운 위안이 있다. 그의 글은 상처를 통해 세계가 확장되는 경이로움을 끌어 안는다. 상처의 몸, 불편함의 몸이야말로 변화의 시작임을 깨닫게 한다. 연대의 희망을 몸으로 꿈꾸게 한다. 불확실한 삶을 살아갈 구체적 용기를 준다.

— 이서희《유혹의 학교》저자)

# 이 책을 함께 만들어주신 고마운 분들

ㄱㅅㅂ

가회엄마
강수빈
개구지
건빵
고은서
곰탱이
곽우정
곽유경
곽진영
구동희
구보명
구세나
굿쩡
권창섭
김교신
김나혜
김다희
김대한
김도영
김민정
김보미
김수정
김영란
김영주
김예린
김예은
김윤경
김윤회
김인아
김인호
김재수
김재희
김정민
김종혁
김지수
김지용
김지원

김지은
김진주
김진형
김태일
김하영
김해진
김화목
꽁치
꿈을낚는어부
끼리늘보
나리진
나영정
노랑조아
노승연
놀
니나
달려라하니
달무지개
달빛섬
동글고양이
따박따박
또내
또니
툐주
리용현
린열
마당
맹보미
먹는게제일좋아
메디
명지원
모나위
모우
모카그린
문동영
문유미
미립
미키치키

민균
바이티
박규리
박미애
박소연
박신영
박재언
박재현
박정원
박조건형
박태양
박현석
박현주
박회령
박효진
밤별
밥쭈
방혜림
배민관
배성혜
배수아
배수진
백종규
변희경
보담보담
보듬
보란정민
블루베리요거트
비은
뽕
서가현
서민규
서윤
서지희
석지민
성준근
소나기
소하나

손정빈
손정은
손형선
송이
송정혜
송지영
송회경
수원
순탄
슈리
스텔라
승혜
시은
신유진
아남카라
안수정
안주연
안현정
안혜민
양대성
양정민
양진주
양진혁
여니
연
엽귀녀
오민용
오재경
오주희
오지원
옥
옷고름한번물지
완다
요덩듀
우주해달
월계류
유동혁
유진

| | | | |
|---|---|---|---|
| 윤다영 | 전지원 | 하영경 | Jungyoon Choi |
| 윤이랑 | 정민아 | 학수고대 | Kinam Park |
| 윤챠밍 | 정상혁 | 한컷 | Ko Gahee |
| 윤호 | 정수정 | 해피송 | Koun Choi |
| 융 | 정승현 | 햇쌀 | Kyoungjin Lim |
| 이강훈 | 정예림 | 홍성우 | LewisBaker |
| 이경석 | 정재원 | 홍승완 | Lhamo Jeong |
| 이나연 | 정지영 | 홍승희 | livi**** |
| 이내 | 정지운 | 홍지숙 | lji**** |
| 이도훈 | 정진실 | 홍지인 | mamama |
| 이동글 | 정진아 | 홍하영 | May Koo |
| 이동진 | 정혜 | 홍홍홍 | Mijin Lee |
| 이명재 | 제예진 | 황성주 | Mikyung Jeon |
| 이민정 | 조나은 | 황시운 | Minjeong Kim |
| 이뺏 | 조성지 | 황지언 | Minoru Ohkusa |
| 이비오 | 조소현 | 황지혜 | Miserere |
| 이소연 | 주드로 | 황태영 | MOMO |
| 이승연 | 지하조직 | 황꽝지 | Moon-kyu Park Roy |
| 이승휘 | 짐송 | Ara Go | nana |
| 이시원 | 짜하야 | baby**** | noname |
| 이영초 | 쭈구리 | ch | Ollie Lee |
| 이예원 | 찐구 | DAP LS | Park Hyejin |
| 이유진 | 창조 | Dasom Jung | pra**** |
| 이유혁 | 채똥 | dazey | QS |
| 이은숙 | 천시우 | dreamplanet | rhs**** |
| 이은지 | 최선아 | Eunkyu Park | S80525 |
| 이은진 | 최승범 | Eunok Kim | Seho Joo |
| 이은혜 | 최연정 | Eun-seo  Lee | SeJeong Park |
| 이주연 | 최유정 | fairylove90 | Seungeun Soy Choi |
| 이하나 | 최은정 | gaeh**** | sj**** |
| 이혜림 | 최은지 | Gi Yong Jung | SOO NOT SUE |
| 이환희 | 최정원 | h**** | spoo**** |
| 익은수박 | 최종희 | Haesol | syl_**** |
| 임은주 | 카모 | happy612 | Tina Kim |
| 자이츠 | 코로롱삐 | HAYUN RYU | touch |
| 작은나무 | 콘치 | hh**** | typoger |
| 장경욱 | 크리퍼♥미리 | Jieun Kim | voodoo**** |
| 장다솜 | 태선영 | Jin Young Jeon | wkszs |
| 장은성 | 팽귄 | Jiwon Yoon | Wooki Lee |
| 장혜정 | 풍퐁이 | Jiyu | yello**** |
| 장희원 | 하동현 | JJ | Young Sakong |
| 전지 | 하얀늑대 | jk | |